創元クライム・クラブ

目次

初めに読んでいただきたい前書き　4
プロローグ　7
ゼロ　9
1（ONE）前編　79
1（ONE）中編　149
1（ONE）後編　191
エピローグ　227
読み終えてから読んでいただきたい
後書き（もしくは蛇足）　232

1（ONE）

初めに読んでいただきたい前書き

本書を手に取っていただき、ありがとうございます。著者の加納朋子《かのうともこ》です。

本書が私の作品との初めての出会いです、という方。たぶん、そんなに多くはいらっしゃらないと思うのですが、もしそうでしたらとても嬉しいです。きっかけは様々なのでしょうが、これが幸せな出会いとなることを心から望みます。これが私の作品初読みでも、たぶん、そんなに問題はないはずです。

一方、「駒子《こまこ》シリーズの続きが出た？　今頃？」と興味を持ってくださった方には、あらかじめお伝えしたいことがございます。

本書『１（ＯＮＥ）』は、『ななつのこ』から始まるシリーズの、ストレートな続きではありません。もちろん、同じ世界の話ではありますが。読まれる前に著者が語るというのも野暮《やぼ》ではございますが、一応、それだけはあらかじめお伝えしておきますね。独立して、今は遠くで元気に生活している子供たち……くらいの距離感でお読みいただければ幸いです。

それから、東京創元社出身でありながら、ミステリ畑の敷地境界線上をうろうろしていた私ですが、本書もミステリ色はあんまり強くありません。大事なことなので強調しておきます。

さてさて、『ななつのこ』から始まって、『魔法飛行』『スペース』と続き、さらには『ななつのこものがたり』という絵本まで出していただきました。どれも（特に絵本は！）十日町《とおかまち》たけひろ（旧名：菊池《きくち》健《たけし》）さんの素敵なイラスト抜きには語れませんね。そしてそのイラストを、いつも素晴らしい装幀に仕上げて下さるデザイナーの柳川貴代《やながわたかよ》さんにも感謝しきりです。本当に幸運な出会いだったと思っています。

読者様にも恵まれ、お手紙をたくさんいただき、複数の編集さんに「十代の頃に読みました。大好きでした」と熱く語っていただきと、とても幸せな作品たちだったと思っています。

もちろん私にとっても特別なシリーズで、思い入れの強さのあまり（それと時間経過と体力減退もですね……）、本作はいつにもまして生みの苦しみを味わいました。

四苦八苦して、ようやく捕まえた〈世界〉が、本書『1（ONE）』です。どうか、お楽しみいただけますように。

加納朋子

プロローグ

夜の闇は心地よい。

家の者は皆、健やかな寝息を立てている。その物音ともいえないような気配を感じ取り、俺は満ち足りた満足感に浸る。家族は今日も安全に守られた。彼らの生活は、陽だまりみたいに暖かく穏やかだ。

だが油断は禁物だ。危機はいつ何時《なんどき》訪れるやもしれない。敵はある日突然、一家の誰かを脅《おびや》かす。一番危なっかしいのはレイちゃんだ。俺より後に生まれた、小さくて細っこくて頼りない、最弱にして一番下。とても脆《もろ》くて傷つきやすい。だからとりわけ、注意して守らなければならない。この役割は誰にも譲らない。これが俺の矜持《きょうじ》だ。

だが、時の流れというものは残酷で、俺の願いとは裏腹に、いつまでもずっと傍《そば》で守ることが叶わないこともわかっている。

俺は一匹の誇り高い黒犬だ。一家にとっての最初にして一番の、唯一の犬……だった。

最近、新たな犬が家族に加わったのだ。なんだかレイちゃんよりも弱そうで頼りないやつだとは思ったたし、正直な気持ちとしては、若干《じやっかん》面白くない思いもあった。だが、それ以上にこれは好機なのだと思った。

なんとなく気づいている。俺にはさほど、時間は残されていない。

だから今、心地よく真っ暗な夜の中で。何よりも大切な主《あるじ》から授かった、この俺の名にかけて誓おう。

この甘ったれたチビ犬を、何とかして一家を、とりわけレイちゃんを守る強い騎士《ナイト》に育て上げるのだ、と。

唯一にして一番。

この俺の名は、〈ワン〉という。

ゼロ

ゼ　ロ

1

二階で目覚ましが鳴る、その直前。ゼロはぴくりと耳を動かした。

鳴りだしたベルの音は、おそらくは家中の人間を叩き起こしてから、ようやく止まる。ベッドの上でゴロゴロ転がる気配。その時間分の葛藤《かっとう》の末、そして床の上にとんと両足をつく音。

このあたりでもう、ゼロは嬉しくてたまらない。早く早く、急いで急いでと、はやる気持ちのままに立ち上がり、ドアの前をうろうろする。

二階の床を歩く音、トイレの水を流す音。

そんなお決まりの物音が、わくわくの時間が近づいていることを教えてくれる。

掃き出し窓にはシャッターが下りていて、出窓にもカーテンがきっちり閉められているから、リビングはまだ真っ暗だ。ゼロが動き回る上で、それはまったく問題ではないけれど。高揚《こうよう》する気持ちのままに、その場で軽くジャンプしてみたりする。

うきうきと落ち着かないゼロとは対照的に、先輩犬は泰然としている。トントントンと、軽い足音が下りてきてようやく、ゆらりと起き上がる。部屋の一番暗いところがそのまま、犬の形になったみたいだ。いつも静かで、冷静で、音もなく歩く。先輩曰《いわ》く、家族からはよく忍者みたいだと言われていたそうだ。かっこいいとは思うものの、なかなか真似《まね》はできない。

だってもうすぐそこに、最大の喜びがやってきているのだから。

リビングのドアがカチャリと鳴り、そっと開く。そこにはリードを持ったレイちゃんがいて、光り輝くような笑顔で言うのだ。

「おはよー、お散歩に行こう！」と。

2

ゼロが一家に迎え入れられたのは、レイちゃんが大学生になった春のことだ。入学祝いに何が欲しいと聞かれ、全力で「私のわんこ」と答えたそうだ。レイちゃんはもうずっと前から、「私だけのわんこ」を欲しがっていたらしい。

だからゼロは、レイちゃんのわんこだ。熱烈に望まれた、ただ一匹の犬だ。

一家には、お父さんとお母さん、そしてお兄ちゃんがいる。お兄ちゃんは少し離れたところに住んでいて、時々やってくる。お父さんはときおり、長期出張に出る。

「そんなときには番犬として、お母さんとレイちゃんをしっかり守らなきゃならない。もちろん、お父さんやお兄ちゃんがいるときだって油断しちゃならない。家族全員を守るんだ。とりわけレイちゃんを守るんだ。何しろお前は、レイちゃんの犬なのだからな」

何度も何度も、くどいほどにそう言い聞かせてきたのは先輩犬だ。脚はすらりと長く、引き締まった体を覆う毛並みはつややかな黒だ。額にすうっと細くひと筋の白。

初めて会ったとき、威圧感がありすぎて怖いと思った。本当のことを言うと、今でも少し怖い。はしゃぎすぎたときや、うっかりヘマをやらかしたときに、ぴしりと叱《しか》られたりするから。けれどそれ以上に、カッコいいと思う。お手本であり、憧れの先輩だ。

犬はしばしば、群れの中で序列を作る生き物だ。先輩の位置づけは、お父さん、お母さん、お兄ちゃんに次いで四番手だという。先輩が最初に家族に迎え入れられたとき、レイちゃんはまだ生まれていなかったから。後から赤ん坊がやってきて、群れで一番小さいレイちゃんを守ろうと、ずっと頑張ってきたそうだ。

「忘れるな。人は……犬もだが、ときにひどく脆《もろ》くて儚《はかな》い。小さいときほどそうだ。確かにそこに在ったはずの命が、気が付くと消えていることさえある。だから油断できないんだ。お前が来てくれて良かったよ。何しろ俺もトシだからな。レイちゃんのナイトはおまえに譲るよ。あらゆる危険から、死ぬ気で守れ」

歴戦の勇者のような面持《おもも》ちの先輩からそう言われ、ゼロはとても誇らしかった。もちろん精一杯、その務めを果たす気でいる。

ちなみにゼロの序列は最下位だそうだ。ナイトなのに。

釈然としない思いが顔に出たのだろう、「新参者とはそういうものだ」と鼻で笑われた。

とにかくそうやって、新しい生活は始まった。あれから一年と少しが過ぎて、季節は夏だ。今となっては、この家に来る前のことなんて、ほとんど思い出せもしないゼロである。ぱあっと顔を輝かせたレイちゃんに「私のわんこ」と抱き上げられた、まさにその瞬間、この世に生まれ落ちたような気さえする。幸福で満ち足りて愉快な日々の始まりだった。

それほどたたないうちに、ゼロはレイちゃんからは「賢くていい子」という高評価をもらった。失敗しても、優しく言い聞かせれば、何度目かには同じ失敗をしなくなる。〈伏せ〉や〈お座り〉、〈お手〉も、その場ではできなくても、何日かたてばきっちりマスターしてくる。「さすが私のわんこ」と、にこにこ笑って言われた。

レイちゃんは知らない。ゼロが先輩と二匹きりになったとき、それはそれは厳しい指導を受けていたことなんて。

「これくらい、一度で覚えろ。主人《レイちゃん》から失望されたいのか?」、「覚えが悪いなら努力しろ。頭が悪いなら更に努力しろ。できないって言うなら、諦《あきら》めて駄犬として生きるんだな」などなど、それはきつい言葉を投げかけられて、尾をだらりと力なく落としながら一生懸命頑張った。それでも〈待て〉だけはだいぶ苦労した。目の前に美味《おい》しそうな匂いを放つ食べ物を出されたら、何かを考える間もなく皿に顔を突っ込んでしまう。これればかりは、何度言われても駄目だった。

レイちゃんは「まだ仔犬だから」と笑っていたけれど、後で先輩からは猛烈に叱られた。

「待てと言われてなぜ待てない？　何も永遠に待てなんて言われてないだろう？　おまえはアバラを浮かせた野良犬か？」

終《しま》いには、見下げはてた駄犬だとばかりの冷たい視線を向けられ心底震えあがった。駄目な後輩だと、尊敬する先輩から失望されるのは辛《つら》かった。

そうした苦労と葛藤の末、待てと言われたら歯を食いしばることを会得《えとく》した。歯の隙間からヨダレが垂れ落ちるのは、まあ仕方がない。ちゃんとできたときには、レイちゃんが全身を撫《な》でて褒《ほ》めてくれた。先輩も短く「よくやった」と褒めてくれた。そのどちらも、それまでの大して長くもない犬生の中で最大の喜びだった。もっともゼロの場合、他にも喜びはいっぱいある。初めてレイちゃんと外に出て、散歩をしたとき。美味しい餌《えさ》を食べたとき。ゴロンと寝転がって、レイちゃんからくすぐるように撫でられたとき。

最大も最高も、喜びはいくつあっても構やしないのだ。

ともあれ今、ゼロがレイちゃんの「賢くてお行儀もいい私のわんこ」なのは、ひとえに厳しい先輩の薫陶《くんとう》のたまものだ。本来のゼロは、あまり覚えの良くない、ちょっぴり残念な犬だった。そのことをゼロなりに自覚していて、だから先輩には、限りない感謝と尊敬の念を抱き続けている。今でもたまに、ものすごく怖い雷を落とされたりもするのだけれど。

いつもの散歩コースには、色んな人や犬がいた。たまにゼロを威嚇《いかく》してくる犬もいたけれど、そんなときには先輩がひとにらみして黙らせた。そこで先輩の威を借りて調子に乗ったら、ゼロまでじろりとにらまれた。いけないいけないとしょんぼりしたら、レイちゃんがくすっと笑った。

「気を付けろよ」

レイちゃんの笑顔にうっとりしていると、先輩からの忠告があった。

「今までのところ、敵はいない。だが、今まで無害だったからといって、明日も無害だとは限らない。レイちゃんが味方だと思っている奴が、敵になることだってないとは言えない」

長く生きて、人間の言葉をたくさん覚えている先輩の言うことは、ゼロには理解できないことがよくあった。ゼロの頭はいたってシンプルで、すっきりしているのだ。だけど大切なことを教わっていることだけはわかるから、一生懸命、筋の堅い肉を咀嚼《そしやく》するように、胸の内で反芻《はんすう》した。

先輩の言葉はいつだって正しい。

突如敵が出現したのは、それから間もなくのことだった。

玲《れい》奈《な》

1

私だけのわんこが欲しかった。世界でただ一匹の、私のことが一番好きなわんこと出会いたかった。

＊

早朝の川べりを歩いていると、結構な頻度《ひんど》で話しかけられる。多くは私と同じく、わんこを散歩させている人たちだ。お互い名乗っているわけじゃないけど、飼い犬の名前だけはしっかり教えているし、覚えている。麦《むぎ》ちゃんのママや、ロクのおじいちゃんとは、しょっちゅう顔を合わせる。他にも、いっぱいそういう知り合いがいて、犬たちも互いに匂いを嗅《か》いだり、ときには威嚇したりしている。うちのゼロは慣れないうちは尻尾《しっぽ》を丸めて私の陰に隠れているけれど、そのうちに自分から飛びだして行く。好意的に迎えられたり、軽くあしらわれたり、ときに吠《ほ》えられたり、相手の対応は色々だけど、嬉しそうな突進は変わらない。犬界ではわりと社交的なほうじゃないだろうか。

たまに私に代わって散歩に行ってくれる母は、「すごく攻撃的なわんこにも嬉しそうに突進していくし、ああいうとこ、アホ可愛いよね」なんて言う。可愛いについては同意するけれど断じてアホなんかじゃない。犬界の社交を積極的にこなす、とても賢いわんこだ。

犬を連れていない人も、よく話しかけてくる。早朝散歩をしているお年寄りが多い。私はのんびりして見えるのか、一人で歩いていてもよく道を聞かれる。不案内な場所で、私自身が道に迷っているようなときにも。頼りの地図アプリも、気が急《せ》いているときに外で使うと、操作ミスばかりしてしまうし画面も見づらい。一生懸命方角と経路を確認していると、見知らぬおじいちゃんから、どこどこまでの行き方を調べてよ、なんて声をかけられたりする。若者がみんな、あらゆるアプリを使いこなしていると思うのはやめて欲しい。中には私みたいなポンコツもいるのだから。

さすがに早朝の川べりで道を聞いてくる人はいないけれど、高確率で会い、話しかけてくるおばあちゃんがいた。小学校のときのクラスメイトのおばあちゃんで、なぜか私はすごく気に入られていた。行事のたびに、にこやかに話しかけてくる。子供同士は全然仲良くなくて、こちらはむしろ苦手だったから、とても微妙だった。

川べりの遊歩道でも、出会って朝の挨拶《あいさつ》をしてから、聞いていないのに元クラスメイトの話を出され、私に対する立ち入ったような質問もぐいぐいされ、延々と足止めを食うのには閉口した。夏休みとはいえ、散歩の後もやることはいっぱいある。一番大事なのは、わんこの餌やりだ。それが遅れてしまうのはゼロにも大問題だったらしくて、時々おばあちゃんと挨拶するなりリードをぴんと張る勢いで、走りだそうとするようになった。

ゼロは賢い犬だから、私がおばあちゃんを苦手にしているのが伝わったのかもしれない。「もー、ゼロったら、早いよー」なんて小芝居みたいに言いながらその場を走り抜け、心の中でほっとする。

遊歩道から外れたとたん、ゼロのペースは落ちたから、やっぱりわかってやっているのだろう。愛犬に気を遣わせてしまう、ポンコツ飼い主である。

自分のことをこれでもかとしゃべり、対価のようにこちらの情報を求めてくる人はとても苦手だった。そもそも私は、人とのコミュニケーションが下手《へた》なのだ。こうやって不得手なことを避けてしまうから、いつまでたっても駄目なままなんだろうけど。

突然、フラッシュバックみたいに思い出したことがあり、胸がずきりと痛んだ。

高校二年のとき、仲良しグループのリーダー格の子から一方的に嫌われてしまった。ライングループの発言数は激減し、どうやら私を外した新しいライングループが作られたらしかった。彼女のツイッターでは、〈ぼーちゃんマジウザ〉みたいなつぶやきが増えた。

「なんでぼーちゃん?」

「だってぼーっとしてるから」

みたいな会話を少し離れた場所でされて、彼女がちらりとこちらを見た様子から、それが私に新たにつけられたあだ名なのだとわかった。胸が苦しくなったけれど、面と向かっていれば、彼女は前と変わらず、親しげでにこやかだった。私は一人孤立することもなく、ただずっとグループの端っこで曖昧《あいまい》に笑い続けていた。

SNSでは相変わらず、私を狙い撃ちした針のような書き込みが続く。あだ名も〈ぽやぽやちゃん〉とか、〈ふわふわちゃん〉とかヴァリエーションが増えた。私はそんなにぼーっとして、ぽやぽやして、ふわふわわしているのだろうか?

していいるのかもしれない。よくわからないけれど。

彼女は以前と変わらず、目が合えばにこりと笑いかけてきた。

「あれー、玲奈、なんか痩《や》せた? もしかして、ダイエット? いーなー、私、何をやっても痩せなくて。ねえねえ、どうやったの、教えて教えて?」

朗らかに、そう尋ねてくる。確かにずっと食欲はなかった。量ってはいないけれど少し痩せたかもしれない。

けれど彼女は別に、太っているわけじゃなかった。むしろスタイルはいい方だったと思う。グラビアモデルとか、さもなきゃ新体操の選手みたいな体型じゃないってことを嘆いているだけなのだ。そんなの、元々の骨格に加えて大変な努力と節制が必須なことくらい、わかり切っているのに。

　もちろん私だって、そんな理想体型とは程遠い。なのに相手は、両手を自分の顔の前に持ってきて「えーん、玲奈が意地悪して、教えてくれないよー。どうせ私はデブですよー」とわざとらしく泣き真似をする。

　いったいこの人は何を言っているんだろうと呆然としていたら、ちらりとこちらを見て「ほら、ぼーっとしてる」と笑った。

　その日の放課後、先生の雑用で私ともう一人が残らされた。同じグループの子だ。私と同じく特に目立ったり華があったりするタイプじゃないけど、嫌われてもいない。その一点で大違いだ。何枚かのプリントをまとめてホチキスで綴じるという単純作業をしていると、彼女が話しかけてきた。

「……あのさ、玲奈は色々駄目だと思うんだよね」

　何が、とは言わなかったけれど、たぶん全般的に駄目なのだろうと理解した。その証拠に、少しの沈黙の後で彼女は、私のどこが悪いのか、懇切丁寧《ていねい》に教えてくれた。

「たとえばさ、色々聞かれて、笑ってはぐらかしたりするじゃん？　あれ、感じ悪いよ。なんでちゃんと答えないの？」

　答えないわけじゃない。答えられることなら、きちんと答えているつもりだ。けれど、彼女たちの、とりわけリーダー格の彼女の質問は、しばしば、私にとってはひどく答えに窮するものだった。

付き合っている人はいるの？　いたことはあるの？　じゃあ気になる人は？　好みのタイプは？　芸能人で言ったら誰が好き？

玲奈のお父さんって何してる人？　お母さんは？　どこの大学を卒業したの？　あ、お兄さんがいるんだ。大学生？　どこの大学？　お小遣いっていくらもらってる？

どうしてそんなことを、という質問を、矢継ぎ早に投げかけてきたりする。聞かれるままに住所を教えたら、地図アプリで我が家の画像を探しだしたりしていて、正直どん引きした。けれど彼女にとってはごく当たり前のことだったらしい。実際、自分のことをなんのてらいもなく無邪気に語る。自慢できるようなことは得意げに、そうじゃないことは自虐的に。そして「すごいね」と感心されたり、笑いをとったりしている。彼女の周囲はいつだって、明るくて楽しげだ。

空気が読めず、和を乱しているのは私だ。

だからそれを駄目だと責められると、反論もできない。「あ、うん……」とうつむく私に、相手はさらに足りない点を指摘する。

「それに付き合いも悪いし。たまに一緒に遊んでも、あんま楽しそうじゃないし」

「……そう、かな……」

「あとね、気が利かないんだよ。人が髪型変えたり、新しい小物を持ってたりしたら、普通は褒めるでしょ？　あの子はそういうの、めっちゃ気づいて褒めてくれるでしょ？　なのに玲奈は全然そういうの、気づかないっていうか、そもそも無関心っていうか……。だから冷たいとか、むしろ嫌われてる？　とか思われちゃう」

ぐうの音《ね》も出なくて、作業の手も止まってしまう。対照的に、相手は私を糾弾《きゅうだん》することと、目の前の仕事を片づけることを見事に両立していた。

「玲奈って他人に興味ないんだよね。うちらの誕生日とか、血液型とか、知る気もないし、聞いても覚える気、ないでしょ？」

「……そんなことは……」

口の中でもごもご否定めいたことをつぶやきつつ、ああ、図星だなと思った。色んな意味で、痛すぎる。

私は言葉を続けることができず、うつむいたまま固まっていた。その間に担当分の作業を終えた相手は、セットしたプリントをそろえて机に置くと、椅子を鳴らして立ち上がった。

「……まあ、私は別に気にしないけど、あの子はさ、めっちゃそういうの気にするタイプだから」

少し気まずげに、そしてフォローするように声をかけてきた。それから妙に明るい口調で「それ、終わったらまとめて先生に渡しておいてね」と言い残して教室を出て行った。

取り残された私は、ようやくのろのろと手を動かしだす。

胸の内がざらざらした重たいものでふさがれた思いだった。息が苦しくて、眼の奥がじわりと痛む。

好意だったのだろう、きっと。グループの中で浮いている私に、ただ一人、言いにくいことを言ってくれた。差し出された薬はとても苦いけれど、それでも飲み込まなきゃいけないのだろう。

それから私はもらったアドバイスを重く受け止めて、なるべく態度を改めるように努力した。うまくいったかどうかは、よくわからない。気が利かない私のことだから、気づかないうちに何かしら、やらかしていたかもしれない。だからSNSを見るのが怖くて、チェックの頻度はむしろ減ったし、ざっとしか読まなくなった。それで相手の態度が変わるようなこともなかったし、相変わらずグループ内は見た目上、平穏そのものだった。そこは間違いなく、私の身の置き所だった——たとえ微細な針が仕込まれていたとしても。

卒業して、毎日会っていた彼女たちと縁が切れてしまうと、確かにほっとした。もしかしたら私一人を省いて関係は続いているのかもしれないけれど、もうどうでも良かった。今まで卒業式で泣いたことは一度もない。たぶん、今後もないだろう。

新たなライングループが怖くて、サークルには入らなかった。大学生にもなると、嫌でも自覚する。要するに私には、人とのコミュニケーション能力が皆無《ゼロ》なのだろう。仲良しグループは居場所と平穏をくれるけれど、それ以上に苦痛と煩《わずら》わしさを感じてしまう。だからきっと、懲《こ》りない私は同じような失敗を繰り返す。

それくらいならいっそ、一人でいた方がましだ……。それなら誰も不快な思いをしなくて済む——私自身も含めて。

——私はゼロだ。何ひとつ持っていない。全てを忘れて打ち込めるようなことも、抜きんでて得意なことも、気の置けない友達さえも。胸の内にも両腕の中にも握った掌《てのひら》の中にも。何ひとつ持っていない、いっそすがすがしいほどに空《から》っぽだ。

そう思い至り、ひとしずくの寂しさが私の深いところに落ちたとき、凪《な》いだ水が跳ね返るように、体の内側から湧き上がるような欲求があった。

——犬を飼いたい。私だけの、わんこが欲しい、と。

我ながら、何がどうなってそんな結論が導きだされたのだか、謎なのだけれど。

もともと我が家は犬好きな一家だ。母は昔は熱烈な猫信者だったそうだけど、大人になって鞍替《くらが》えしたそうだ。母は妙に言い訳っぽく「でも、猫への愛を捨てたわけじゃないのよ。それとこれとは別枠なの」と主張していた。

ゼロが家にやってきたのは、大学入学後のことだった。カフェオレ色の雑種の仔犬。頭のてっぺんに、シュガードーナツみたいな白い毛が混じっている。

「あらまあこの子、天使の輪っかを持っているのね」

傍《かたわ》らの母が言った。私の感想より、だいぶ詩的かつ乙女チックだ。そして的確でもあった。仔犬は本当に天使みたいに可愛かったから。〈胸がきゅんとする〉なんて少女漫画的な状況を、まさか自分が実体験できるとは思わなかった……相手は仔犬だったけど。

あまりの可愛さに眠っていた愛が暴走し、そのままの勢いでエンジェル・リングと命名しそうになった。するとちょうど帰省していた兄から言われた。

「玲奈、それ、外で大声で呼べる？　それに長くない？」

少し頭を冷やしてから、ゼロと名付けた。頭のリングを数字のゼロに見立て、なおかつ私の名前、玲奈のレイとも関連付けられる。皆も、いい名前だと褒めてくれた。おかげでゼロとレイは、私の中でごくポジティブな数字となった。実際、お父さんも「ゼロは一と並び立つ、とても重要な数字だよ。ゼロという概念は偉大だ」と言っていたし。

こうして私の元に、可愛くて賢くて愛情深くてやんちゃで天使なわんこがやってきた。そのとたん、それまでなんとなく憂鬱《ゆううつ》で曇《くも》りがちだった私の世界は、あっという間に優しくて甘い、ミルク多めのカフェオレ色で満たされてしまった。

2

私の家には本がやたらといっぱいある。両親共に本好きなのだ。母は好きが高じて私が中学の頃に子供センター内の司書になってしまった。その仕事が決まったとき、「やっぱり資格は取っておくものよね」と母が嬉しそうだったのを覚えている。

そして私はと言えば、中学まではあんまり本を読まなかった。兄も、まったく読まないわけじゃないけど、決して本の虫というわけでもない。このことに関しては、母がよく首を傾《かし》げていた。せっかく自宅に宝の山があるのに、どうして片っ端から掘っていかないのと、不思議で仕方がないらしい。

ある日、「聞いた話なんだけど」と、とある夫婦の話をしてきた。自他共に認めるオタク夫婦が、生まれてきた我が子を立派なオタクに育て上げると公言していたのに、なぜか正反対の堅物公務員になってしまった。家には山のような漫画やアニメDVDがあったのに、ほとんど見向きもしなかったという。

「逆にね、知り合いの話なんだけど、すごくお洒落《しゃれ》で、趣味も高尚で、漫画だのアニメやゲームだのをいい歳した大人が嗜《たしな》むのは恥ずかしいって散々言ってた人がいてね、もちろん自分の子にも、そういうものは下らないからって全面禁止にして育てたのよ。なのに成人した今じゃ、見事なアニメ・ゲーム好きになったって嘆いていたわ。それでね、すごく腑《ふ》に落ちたというか、納得したの。飢餓《きが》感とか渇望感って、何かにのめり込む大きな原動力になり得るんだなって。逆に最初から湯水のように与えられると、それが当たり前になってしまって、価値も魅力も感じなくなっちゃうのかもしれないわね……」

一人納得したように大きくうなずきながら、持論を語っていた。

「あ、でも私の実家にはかなり本があったのよね……家の本棚を片っ端から読み漁ったものよ。環境が人を育てるってことはもちろんあるでしょうし、時代も……ううん、難しいわね」

などとぶつぶつ考察を続ける母の言葉を聞きながら、私はふと考えたものだ。

私が渇望しているものは何なのだろう、と。

特に足りないものはないし、取り立てて望んでいるものもない。すごく好きなものも、大嫌いなものもない。

我ながら、なんて面白みのない人間なのだろう?

コンプレックスというほどでもない、悩みというには曖昧過ぎる、ほんのちょっとしたもやもやだ。

そんな私も高校生になってから、登校前に家の本棚から文庫本を一冊、引き抜いていくようになった。長い通学時間の暇つぶしだ。それを目ざとく目撃した母からの「その作者ならこっちを先に読め」だの「それはあんまり若い女の子向けじゃないんじゃないかなあ」などというアドバイスを聞き流し、適当に選んでいった。読んでみれば面白い本がたくさんあって、素直にそう言ったら母は喜び、更におすすめを教えてくれるようになった。

そこまでは良かったのだが、通学途中でクラスメイトに会うようになって困った。急行から各駅停車に乗り換えると、必ずうちの高校の生徒の姿を見かける。その中に、すごく頻繁《ひんぱん》に彼女はいた。例の仲良しグループの、リーダー格の子である。彼女は私を見つけると必ず近づいてきて、「何を読んでいるの?」と開いたページを覗《のぞ》き込まれる。遠慮なく取り上げて、カバーを外したりタイトルを読み上げて、「ふーん、玲奈ってこんなの読むんだー」と笑う。

彼女にとってはちょっとした話題の一つなのだろう。だけど、だんだんそのやり取りが苦痛になってきた。読んでいる本を知られることに、妙な羞恥心《しゅうちしん》もあった。お弁当箱の中身を、じっくり覗き込まれるような感じ。もちろん、どっちも平気だって人の方が多いだろう。これは個人個人の感覚の問題なので、「やめてよ」とは中々言えない。彼女は気が済むまで私の（というか母のだけれど）本をいじくりまわし、最後にぱたりと閉じて返して寄越《よこ》す。栞《しおり》をはさむひまもない。

そんなことが繰り返されるうち、私は文庫本を持参するのをやめてしまった。他にいい暇つぶしがあると気づいたのだ。何も紙の本なんてアナログなものに頼らずとも、スマホがあるじゃないか、と。

スマホでなら、漫画も無料で読めるものがわんさかある。そこで気に入った作品の原作も、無料で読める場合があったりする。小説投稿サイトである。メディアミックスされた後も公開されたままのことが多いのだ。

玉石混淆《ぎょくせきこんこう》と言われたりもするけれど、アニメ化やコミカライズされているもので、趣味に合うものを選べばさほど外すこともない。特に気に入った作品は、同じ作者の別作品も片っ端から読んでいく。無料で永遠に楽しめる娯楽だ。

そして何より、スマホを覗き込んでいる限り、彼女が「何を読んでいるの?」と聞いてくることはなかった。もし近づいてきたら、ぱっと画面を変えようと身構えていたのだが、最初から興味も持たれなかった。他人のスマホを覗き込むのはマナー違反だという意識はあるのだろう。そしておそらくだけど、彼女にとって電車でスマホを見るのはごく普通で、本を読んでいることは普通じゃなかったのだろう。だから余計な注意を惹《ひ》いて、いじられたのだと思う。

そんな次第でささやかな平穏を手に入れた私は、無限に物語が湧いてくるサイトに没頭することができた。更新を心待ちするような大好きなひとつの作品にも出会えた。それで思い切って、作品の感想と更新を楽しみにしている旨《むね》をコメント欄で伝えてみた。すると驚いたことに、あまり間を置かず作者のあんころさんからレスポンスがあったのだ。

〈熱い応援をありがとうございました。期待に応えられるようにがんばります〉

おおむねそんな感じの短文だったけれど、コメントを送った人たちに一人一人返信しているのが驚きだった。このあんころさんは作品の更新もがんばっていて、まだ書籍化はされていないけれどそこそこ人気もある人だ。執筆活動だけでもかなり時間を取られているだろうに、なんて丁寧な人なんだろうと感激した。

「ねえねえ、お母さん。今日ね、いつも読んでるネット小説の作者さんにファンメールみたいなコメントをつけたら、返信が来たんだよ」

一応、母にもわかりやすく噛み砕いたつもりだったが、あからさまにハテナの顔をされたので、小説投稿サイトとは何ぞやから始める羽目になった。

ふんふんとうなずきながら、大真面目《おおまじめ》に聞いていた母は、理解したとたん、ぱあっと顔を輝かせた。

「音楽でもダンスでも、何でも個人発信できる時代になったなあって思っていたけど、今は小説までそんなことになっていたのね。それに書き手と読み手の距離もすごく近いのね。昔はファンレターを書くくらいしかなかったのに。すごいわ。今はこんなふうにして、作家さんと読者が繋《つな》がれるのね」

熱意を込めてそう言われ、嬉しくなった。

「そうだよね、すごいよね。今は有名な作家さんでもSNSをやってる人が多くて、直接感想を伝えられるんだものね」

「そうね、それはとってもすごいことだし、素敵なことだけど、怖いことでもあるよね」

「怖い？」

「だって世の中には、顔が見えないのをいいことに、好き放題にひどいことを書き込む人もいるでしょう？」

「ああ、それはそうだね」

現に、私に返信コメントをくれたあんころさんのコメント欄にも、首を傾げるようなとんちんかんな苦情や、一方的な要求、はっきりと悪意があるようなことを書き込む人が現れていた。そのせいなのかどうか、それからしばらくして、あんころさんはコメント欄を閉じてしまった。その前に何度か感想を伝えられたのは良かったと思うけれど、目に見えて更新のペースが落ちてしまったのが悲しかった。

どうか私の大好きな物語を書いた人が、傷ついたり嫌になったりして更新をやめたりしませんように――祈るように、そう思った。


高校を卒業して、少し迷ってから、私はあのライングループを退会した。絡んでいた糸がほどけたみたいにすっきりした。

仮にも高校生活で、友達と呼んでいた人たちに対して、これはひどく冷たく情のないやり方なのだろう。それができてしまう私にはたぶん、人と関わる上で大切なものが欠けているのだ。

中学の頃にも、友達という名の子たちはいた。ライトなオタクグループで、今、私が小説投稿サイトにたどり着いたのも、元はと言えば中学のときに彼女たちにすすめられたアニメを付き合いで見始めたのがきっかけだ。彼女たちとはスマホを買ってもらったばかりの高校入学前の春休みに一度会い、以降、練習みたいにどうでもいいようなやり取りをしていた。その子たちともだんだん疎遠になり、今では連絡も途絶えている。

　今、私には友達はいない。高校の時点で既にいなかったのかもしれない。もしかしたらそれ以前から。寂しいような、情けないような思いはある。それでもやっぱり、ああ、楽でいいなあと考えてしまう私は、やっぱりどこか欠けているのだろう。

　家族のことは好きだ。ときにうっとうしかったり、めんどくさかったりしても、根っこの部分ではとても大事で、大好きだ。でも、すごく贅沢《ぜいたく》な話なのだろうけれど、その絆だけじゃ足りなかった。私だけをひたむきに慕い、望んでくれる存在が欲しかった。臆病で自己中な私のことを責めず、許してくれて、決して裏切らない。

　それはとんでもなく利己的で、我儘《わがまま》で、一方的な欲求だ。そんなこと叶えてくれる人間はいない。もしいるとしたら……。

　――そんなのわんこしかいないじゃないか！

　そう気づいただけで、霧が晴れるような思いだった。

　入学祝いに何がいいかと聞かれていたから、二つ返事で受け入れられると思っていた。家族が皆、私に甘い自覚はあった。

けれど母は困ったように首を傾げた。

「うーん、だけどうちはもう……」

「私の、わんこが欲しいの」

母の言葉を遮《さえぎ》って、強く言う。

「うーん、そうねえ……」

「ちゃんと世話をするから。散歩もしつけも頑張るから」

一生懸命言い募ったら、母はくすりと笑った。

「まるで小学生みたいなセリフね」

「私はもう大学生なんだから、飽きて放りだすなんてことは絶対しないから。それに……一番下はもう嫌なの」

掛け値なしの本音だ。母はまた笑ったが、さっきとは違って、苦笑のようにも見えた。

「わかったわ。お父さんに伝えとく。大丈夫でしょう、きっと」

「ありがとう！」

というやり取りがあったしばらく後に、ゼロは我が家にやってきた。

濡れたまん丸の眼で見上げてくる仔犬は、それはもう、とんでもなく可愛かった。カフェオレ色の柔らかな毛並みも、小さい舌も、くるんと丸まった尻尾も、何もかもが可愛かった。それは心の奥底がうずうずしてくるような可愛さだった。できることなら一日中この可愛い生き物を撫でさすり、構い倒したかったけれど、それをやったらこの子がストレスで大変なことになってしまうので、歯を食いしばる思いで自重した。

ゼロと名付けたこの仔犬は、可愛いだけじゃなくて、食いしん坊だけど性格も良く、やんちゃだけど賢かった。あっという間にスマホのアルバムはゼロのベストショットで溢《あふ》れかえった。容量を圧迫しそうだったので、クラウドに保存する方法を調べた。スマホに関しては最低限の機能を使うばかりで、そういう面倒そうなことは一切やっていなかった私としては、これはかなりの進歩だった。

それだけじゃない。ゼロの可愛さは、私をあらぬ方向へ突き動かした。

——この可愛さを、あまねく世に知らしめたい……飼い主たる私の手によって。

そんな衝動が湧き上がってきたのである。

写真や動画で伝わるのは、ごくごく表面的なことに過ぎない。もっと能動的にゼロの可愛さを何らかの形にしたい……なぜか強くそう思い込んでしまった。

もし私に絵心があったなら、コミックエッセイのようなものを描いていただろう。ネット上にその種の作品をアップできる場はいくつもある。けれど幸か不幸か、大抵のことはまあまあ無難にこなせる私の弱点は、美術全般だった。図画工作どころか、幼児の頃の粘土細工から始まって、授業で描かされてきた多くの絵や作らされた造形物は、たいていは散々な評価を受けてきた。気を遣える人からは「個性的だね」と言われ、そうじゃない人からは「なにこれ」と言われる。別に手抜きをしたわけでも、不真面目にやったわけでもないのに。

小学生のとき、母にそのことを愚痴《ぐち》ったら、なぜかふふんと笑って「私は高校生のとき、美術部に入っていたわよ」と謎の自慢をされた。でも私は知っている。母だって絵はヘタクソなのだ。遺伝というものの恐ろしさを知ってしまった一件である。

己をよく知る私には、イラストやコミック方面への野望は一切ない。しかしその後すぐ、「小説なら書けるんじゃないか？」と考えてしまったのは、若干《じゃっかん》身の程知らずだったかもしれない。そのときは、かけらもそう思わなかったけれど。

何しろ私が日頃お世話になっている小説投稿サイトは、本来は名前の通り小説を投稿するための場所なのだ。多くはプロでも何でもない、普通の人が自作を誰かに読んでもらうため、せっせとネット上にアップしているのだ。面白い作品も数多くあるけれど、中には誤字脱字のオンパレードで視点がころころ変わり、文章も内容もちょっと……というような作品もある。ハードルは、決して高くない。

いざノートパソコンで書き始めてみると、自分でもびっくりするくらい軽快に筆が進んだ。まるで創作の神様が舞い降りてきたみたいだと、おこがましくも考えた。これも題材が愛してやまないゼロだからだろう。まさにミューズ、好きこそものの上手なれとはよく言ったものだ。

ものの数日で愛犬を主人公にした短いお話を書き上げた私は、そのままの勢いでえいやとばかりにサイトに投稿してしまった。後からやってしまったと思ったけれど、家族や知人に読ませることを思えばどうということはない。

——それにどうせ、誰も読まない……。

若干の寂しさはあるが、それが現実だ。

日々膨大な作品がアップされるこの手のサイトで、選び読まれるのは〈みんなが読んでいる作品〉だ。ランキングの上位に入れれば、読者はわっと飛びつき、閲覧数も跳ね上がる。YouTubeなんかとおんなじだ。

だから書き手は何とかして閲覧数を増やそうと、あの手この手を使う。今、もっとも好まれているジャンルは何か？　皆が右へ倣《なら》えする傾向の中で、どうすれば独自性が出せるか？　タイトルの中に、読者の気を惹けるワードをどれくらい詰め込めるか？　検索に引っかかるワードをどれほど並べられるか？　いかにして更新頻度を上げるか？

ランキングと同様、新着作品もチェックされることが多いから、あらかじめまとめて書いたものを、毎日少しずつアップして、読者の目に留まる機会を増やそうとする作者は多いのだ。その上で、自分のＳＮＳやブログで宣伝したりと、閲覧者数を増やすため皆、ありとあらゆる努力をしている。

そこへ私が短編を一つ、ぽつんとアップしたところで、そんなものは河原に投げだされた小石も同然だ。誰かの目に留まる可能性は、限りなくゼロに近い。

それは重々、わかっていた。だから別に期待はしない。私の書いたものを、ちょこっと置いておくだけ。そうしたらいつか、何かの偶然でどこかの誰かの目に留まることだってあるかもしれない……決して期待しちゃいけないけれど。

——そう自分に言い聞かせ。だけどその翌朝。

私の作品に、読者第一号さんからの丁寧なコメントがついていたのである。

ゼロ

3

「——跡を尾《つ》けられている」

先輩が低い唸《うな》り声を上げた。

まったくなにひとつ気にせずに、元気よく歩いていたゼロは、「わう?」と振り返った。

先輩が鼻面を向ける方を見ると、確かに帽子をかぶって黒っぽい服を着た男がいた。ただし、距離はかなりある。単に同じペースで同じ様に河原を散歩している人かもしれない。

だがゼロがその場に立ち止まると、その男もまた、川の流れを眺めるような感じで立ち止まった。なるほど、確かに先輩は正しい。すなわち、レイちゃんに危険が迫っている。

「どうしたの、ゼロ？　疲れちゃった？」

レイちゃんがのんきな声をかけてくる。そちらへ尻尾を振ってから、ゼロは先輩に尋ねた。

「どうしよう。吠える？」

「いや、こっちが気づいていることをまだ悟らせない方がいいだろう。匂いは……ああ、風向きが逆だな」

「……あいつ、前に見たことあるかも」

ゼロの言葉に先輩は「ああ」とうなずく。

「散歩の途中、何度か見かけたな。レイちゃんのことを気に入ったのかもしれない。しかし嫌な感じがする」

「嫌な感じ？」

「ああ。若そうだが、体つきがだらしない。目つきも良くない。お父さんやお兄ちゃんとは全然違う、嫌な感じがする。若い女の子の跡をずっと尾けてくるなんて、まともじゃない」

「どうしよう。かみつく？」

はらはらしながらゼロは言う。人を噛んだことなんてないから、うまくいくかどうかは自信がない。毬《まり》のように蹴り飛ばされそうな気もする。だけどレイちゃんを守るためなら、やるしかないのだ。

先輩はふっと笑った。

「お前の牙は、もう少し取っておけ。とりあえず、信号のところで撒《ま》こう。家までついてこられたら厄介《やっかい》だからな」

大通りに出たところで、ゼロは先輩に言われた通り、横断歩道の手前で植え込みの匂いを嗅ぐフリをしたりしながらもたもたしていた。そして先輩の合図と共に、いきなり全速力で青信号が点滅し始めた横断歩道を渡る。

男を振り切ることに成功した。

「え、ちょっと、ゼロ。どうしたの？　おうちはそっちじゃないよ？」

レイちゃんの戸惑う声を尻目に、いつもの帰路とはルートを外れる。先輩曰く、「フェイク」なのだそうだ。男の目の届かない角で曲がり、今度は真っすぐ家を目指す。

「たまには違う道を通りたいのね」とレイちゃんはのどかに笑っていた。

4

レイちゃんがアルバイトを始めたのは、夏休みに入ってすぐのことだった。

話を持ってきたのはお母さんだった。お兄ちゃんが小学生の頃のＰＴＡ仲間に、パン屋の店長さんをしている人がいた。今でもそこのパンがちょくちょく食卓に並ぶし、店長さんとは時時お茶をしたりしているらしい。

「何でもね、夏休みに学生バイトを募集したら、高校生の二人組が来たんですって。二人共とっても可愛らしいし、聞けばお嬢様校で言葉遣いもちゃんとしてるし、接客にいいなと思って即採用したのよ。そうしていざ来てもらうようにしたら、二人一緒のシフトじゃなきゃ嫌だって言いだしたんだって。もちろん店長さんとしては、他のバイトさんの都合もあるし、仕事を教える人も必要だから、そうそう希望通りにはいかないって諭したそうよ。そうしたら……翌日から二人とも来なくなっちゃったって」

お母さんの説明に、レイちゃんは「うわあ」という顔をした。

「それもね、当人たちは直接来ずに、親御さんが制服を持って『もう辞めます』っていらしたんですって」

レイちゃんは今度は言葉に出して「うわあ」と言った。

「そんなわけでね、店長さんがとっても困ってらして、何とか娘さんにお願いできないかって」

レイちゃんは瞬間的に顔をしかめた。明らかに、嫌なことを言われたときの表情だった。けれど口の中でぶつぶつと、「ドッグベッドは結構高いのよね……玩具《おもちゃ》も買ってあげたいし……こないだお店で見かけた犬用レインコートも……」などとつぶやき、しばらく何かと闘うような顔をしてから「――やる」と言った。

後で先輩が、「大丈夫だろうか」と心配していたので、理由を尋ねた。

「昔、別のアルバイト先から帰ってきたレイちゃんが、大泣きしたことがあった」

当人は平気なふりをして妙に明るく「ただいまー」なんて言っていたらしいけれど、両目が真っ赤で泣いていたのがバレバレだった。お母さんが優しく「どうしたの？　何か嫌なことがあった？」と尋ねたとたん、うわーんと小さな女の子みたいに泣きだしたそうだ。

「何でも店の客から、ひどく怒鳴られたりののしられたりしたらしい……それも理不尽な、わけのわからないことで、何度も」

「そいつ、今からでもかみに行こうか」

「放っておけ。今はもう無関係の雑魚《ざこ》だからな。強者には尻尾を垂れ、相手が弱いとなればとたんによく吠える。犬にも人にも、そういう輩《やから》は多いのさ」

相手にするだけ時間の無駄だと先輩は言う。だが、ゼロとしては腹立たしいことこの上ない。しつこく怒っていたゼロに、先輩はふっと笑った。

「大丈夫だ。そのときはレイちゃんを家族が一丸となって守ったから」

「みんなでそいつをかみに行ったの？」

「そうじゃない。すぐにそのアルバイトを辞めさせたんだ。わんわん泣きながら帰ってくるような仕事なら、辞めるべきってお母さんがね。でもしばらくして、レイちゃんのいないところで心配してた。社会勉強の機会を奪ったんじゃないかって。それに応えてお父さんが言ってた。理不尽に怒鳴られたりするような社会勉強は、しないで済むならしないに越したことないんじゃないかって。俺も同感だ」

先輩は珍しく長くしゃべった。ゼロのシンプルな頭では半分くらいしか理解できなかったけれど。

「前に嫌な思いをしたのに、またやるの?」

「お母さんはその方がいいと思ったんだろうし、最終的に決めたのはレイちゃんだ。見守るしかないな」

ゼロとしては、せっかく夏休みになってレイちゃんがいっぱい遊んでくれるようになったのに、またしょっちゅう出かけるようになってしまったのは大いに不満だった。けれどレイちゃんは、楽しそうな空気と美味しそうな匂いをまとわせて帰ってくる。ときには、売れ残りをもらったと大量のパンを抱えて。その中には骨型のクッキーがあって、「これはわんちゃん用なんだよー」と食べさせてくれた。すごく美味しくて、「なんだ、アルバイトもそんなに悪くなかったね」と言ったら、先輩はふっと笑って「お前は本当に幸せな犬だな」とつぶやいた。

その翌週末。レイちゃんを除く家族三人が、リビングに集まっていた。

「それで、家族会議って何?」

久しぶりに帰ってきたお兄ちゃんが、心配そうに尋ねた。

「それがね」いつになく深刻な顔でお母さんが言う。「玲奈がストーカーに狙われているみたいなの」

男二人が揃って目を見開く。

「さっき、パンダパンの店長さんから電話をもらってね」

「玲奈のバイト先か」お父さんの声が既に怖い。

「あのお店、全面ガラス張りでしょう？　それで、外から不審な男がじっと中を窺《うかが》って、玲奈がシフトに入っているときだけ、入店してくるんですって。それで二つあるレジのうち、必ず玲奈の方にやってきて、色々話しかけてるらしいのよ」

「うわっ、それは嫌だね」心底嫌そうな顔でお兄ちゃんは言う。それからはっとしたように続けた。「まさか前のバイトのときに粘着されてたクレーマーじゃないよね？」

「あれはおじいさんだったでしょ？　近隣でも有名な迷惑クレーマーだったそうよ……最近話を聞かないけど。今度のはね、若いらしいから別口。あのパン屋さん、イートインがあるでしょ？　そこで長いこと時間をつぶして、ちらちら玲奈を見ているんですって」

「それは、警察に相談した方がいいんじゃないか？」

心配そうなお父さんの言葉に、お母さんはうーんと唸る。

「でもねえ……玲奈を好きになっちゃって、少しでも顔を見たい、傍《そば》にいたいっていう純粋な気持ちだとしたら、あまりおおごとにするのも気の毒じゃない？　昔見た映画でもあったわ。

一目惚れした彼女はつれない返事しかくれなくて、それでも雨の日も風の日も、彼女の部屋の窓の下で待ち続けた青年の話」

「なにそれ、ホラー？」

「違うわよ、純愛よ。素敵な映画なのよ」

お兄ちゃんは、はあとため息をついた。

「お母さんだってストーカーって言ってただろ？　今はそういう一方的で押しつけがましい純愛は許されない時代なの。そもそも玲奈は何て言ってるって？」

「レジが混んでるときは少し困るけど、大丈夫ですよーって言ってたそうよ」

「玲奈はお母さんに似てのんきだから……とにかく今日のシフトは何時上がり？　俺が迎えに行くよ」

「いや、お父さんが行くよ。彼氏が迎えに来たなんて勘違いして、逆上でもされたら厄介だ」

それもそうだということになり、時間を見計らってお父さんが立ち上がった。

「わかってるな？」

先輩の言葉に、ゼロはすぐさま動く。リードをくわえてずるずる引きずり、お父さんの前で力いっぱい尻尾を振る。お散歩に行きたいという全力のアピールだ。お父さんは「そうか、お前も玲奈が心配なんだな」と優しく背を撫でてくれた。

家から駅近くのパンダパンまでは、歩いて二十分くらいだ。夕刻のアスファルトはまだ熱を蓄えていて、だからお父さんはできる限り日陰を伝い歩いてくれている。

目指す店舗の前で、お父さんは外から様子を窺った。カウンターの中に、確かにレイちゃんがいる。並んでいる客はいない。レイちゃんがちらりとこっちを見た気がするけど、その表情は変わらなかった。

「奇《く》しくもお父さんが不審者のようになっているな」と先輩がコメントする。

お父さんの気配に気づいたのか、窓際に座っていた男がこちらを見て、それから帽子をかぶってトレイを持ち、立ち上がった。大股にレジに近づき、何事かレイちゃんに話しかける。

レイちゃんの顔が、わかりやすくこわばった。そしてこちらを見て、不安そうな、けれど少しほっとしたような、複雑な表情を浮かべた。

黒っぽい服を着た男は、トレイを返却コーナーに返すとすぐに出てきた。お父さんはとっさに後を追うか、この場に残るか迷うふうだったけれど、すぐに男の姿は夕方の雑踏《ざっとう》に紛《まぎ》れてしまった。

「……おい、気づいたか？」

先輩の低い声が問う。ゼロは肯定の唸り声を出した。

レイちゃんに馴《な》れ馴れしい様子で話しかけていたあの男。

間違いなく、朝の散歩で付きまとってきていた奴と同一人物だった。

玲　奈

3

パンダパンの店長さんは母と同年代の女性で、最初から私には好意的だった。もともと母とは気の置けない間柄みたいだったし、人手不足のピンチを救ってくれたと、やたらと感謝された。仕事も、最初はパンの種類と値段を覚えたり、レジや飲み物の機械の操作方法を覚えたり、覚えることがいっぱいで頭がパンクしそうだったけれど、少しずつ慣れていった。

一通りのことをどうにか覚えたあたりで、新しい大学生のバイトの子が入ってくることになった。

「前に高校生バイトとして来てくれていた子だから即戦力よ。思えばその子がすごくちゃんとしてたから、あの辞めた子たちも大丈夫だと思っちゃったのよね」と店長は言っていた。

当日顔を合わせてびっくり、知り合いだった。葉月《はづき》ちゃんという名で、高校のときに同じグループだった。しかも私に忠告めいたことを言ってきた子で、とっても気まずかった。蚤《のみ》の心臓の私が、ライングループからの勝手な退会なんて攻撃的なことをするんじゃなかったと、今更ながらに激しく後悔する。

　けれど葉月ちゃんは、最初に「あっ」という顔をした以外は、特にノーリアクションだった。それに、さすがに店長が拝み倒して来てもらったというだけあって、仕事は私なんかよりよっぽどテキパキしていた。私はまだやらせてもらえない食パンのカットも上手にできる。あまりに鮮《あざ》やかな手さばきに、

「葉月ちゃんすごいね、さすがだね」と褒めたたえていたら、ある日お客さんが途切れたときにふと聞かれた。

「なんで香里《かおり》のときにはできなかったの？」

　それはもう思い出すこともなくなっていた、仲良しグループのリーダーの名前だった。

　意味がわからずぽかんとしていると、葉月ちゃんは少し乱暴にトレイを重ねた。

「そういうおだてて、褒めちぎるみたいなのよ。香里にそれができてれば、ハブられなかったかもじゃん？　あの子、めっちゃ褒められたがってたんだから」

「……あ、えーと……」少し言葉を切ってから、考え考え私は答えた。「葉月ちゃんのは、私が純粋にすごいなって思ったからで……香里ちゃんのことは、私が気が利かなくて褒めポイントがわからなかったと言うか……」

　ごにょごにょと言葉を濁《にご》すと、相手ははっと笑った。

「思ってもいないことは言えませんってか。玲奈らしいね」

　私たちはしばらく無言で、イートインのお客様用のスティックシュガーやガムシロップの補充作業や、在庫のチェックなんかをしていた。一通り済ませてから、思い切って口を開く。

「大学の入学祝いでね、犬を飼わせてもらえることになったの。ずっと私だけのわんこが欲しかったんだよね……我が家で飼う二匹目のわんこだけど、名前はゼロ。カッコいいでしょ？」

「変わってるね」

「それでね、朝、ゼロを散歩させてるとね、まあ可愛いわんちゃんね、とかお利口さんね、とか、いっぱい話しかけられるんだ。私さ、自分が褒められるのは、なんだかいたたまれない感じがして苦手だったの。すぐ、そんなことないのにとか思っちゃう。だから人を褒めるのも苦手だったの。でもゼロを褒めてもらってすごく嬉しくて、だから私も、すごいなとか、可愛いなとか、素敵だなとか、偉いなとか、思ったことをなるべく言葉に出していこうって思うようになったの」

「……それはまあ、いいことだと思うよ。てか、玲奈ってこんなによくしゃべる子だったのね」

「ゼロのことならいくらでもしゃべれるよ。うちのわんこは世界一可愛いの」

「そこに関しては異議ありよ。世界一はうちのコムギだし」

「わあっ、葉月ちゃんちもわんこ飼ってるの？」

「残念、うちはにゃんこよ」

その瞬間、猫派と犬派の熾烈《しれつ》な戦いのゴングが鳴った。どちらがより愛らしい生き物であるかで、激しい意見の述べ合いが始まったのである。結論は、どっちも可愛い。

そうして気づいたら、葉月ちゃんとは結構仲良くなっていたみたいだった。


それから間もなく、同じお客さんにやたらと話しかけられるようになった。いつも同じキャップをかぶった男の人だ。挨拶に始まって、「学生だよね？」「学部は？」「どこの大学に通っているの？」「家はどのあたり？」などなどと、どんどんプライベートに踏み込んでくる。最初の二つはちゃんと答えたけれど、最後の二つは大まかに「県内です」とか沿線名などでごまかしておいた。

最初はパンを買って帰るだけだったけれど、そのうちにイートインでゆっくりするようになってきた。最初は適当な菓子パンにコーヒーだったのが、必ずクリームデニッシュを頼むようになった。これはその場でデニッシュに生クリームを挟むので、提供に少し時間がかかる。その間ずっと、あれこれと話しかけてくるのだ。それもまるで親しい友達同士みたいな口調で。

「あれはちょっとヤバイかもよ」

後で葉月ちゃんから、こそっと耳打ちされた。

「あー、並んでるお客さんに迷惑だよね」

「てか、執着がめちゃヤバイし。ほぼ彼女とか思ってそう。待ち伏せとかされないように気を付けた方がいいレベルかも」

葉月ちゃんはお客さんが途切れると、奥にいた店長に事態を伝えてしまった。話を聞かれ、大丈夫ですと答えたのに、即行でうちのお母さんに連絡が行ったらしい。私のシフト終わりが近づくと、店の外に見知った人影が立った。なんとお父さんが犬連れで迎えに来てくれたのだ。こっちをむちゃくちゃ覗き込んで、しきりにアイコンタクトをしてくる。これじゃお父さんが不審者だ。

「過保護で恥ずかしい」とつぶやいていたら、くだんのお客さんが空《あ》いたトレイを持ってやってきた。そしてにこにこ笑って言う。

「ごちそうさま、美味しかったよ……玲奈ちゃん、お父さんとゼロくんが迎えに来てるみたいだよ?」

4

「――で、どうだったの?」

家に帰るなり、お兄ちゃんが心配そうに声をかけてきた。

深刻そうな顔をしているお父さんに代わり、私が小声で報告をする。

「あ、えっと……思ったより気持ち悪いことになっちゃった」と前置きし、お客さんから言われた言葉をそのまま告げると、お兄ちゃんもお母さんも顔がひきつった。

　パンダパンで働く際、ネームタグはつけるけれど記載されているのは苗字のみだ。なのに相手は私の下の名前を知っていた。迎えに来たのが私のお父さんだと知っていた。さらに愛犬の名前と、性別が雄であることまで知っていた。

　私の個人情報がダダ漏れである。

「その人、私のことも知っているのかしらね？」

　お母さん、それ重要？

「玲奈、まさかとは思うけど」と詰問《きつもん》調で切りだすお兄ちゃんの顔が怖い。「ＳＮＳを日記代わりにして、個人情報をばらまいたりしてないよね？」

「……え、えと、ＳＮＳはしていないけど……」

　ＳＮＳとか、苦手だし。

「ＳＮＳは？　けど？　他に何か心当たりでもあるの？」

　だんだん尋問みたいになってきた。私が返事をしかねていると、お母さんがぱっと顔を明るくして言った。

「あー、前にレイちゃんが言ってた小説サイトね？」

　ちょっ、おかっ、と慌てている間に「小説サイト？」と男二人の声が重なる。

「インターネットで、自分が書いた小説を人に読んでもらうサイトなんだって。玲奈ったら好きな作家さんにファンメールを送ったら、返事が来たってすごく喜んでたの。最近じゃ読者さんともやり取りしているのよね？」

「やだもうなんで発表しちゃうの？　私、秘密だって言ったよね」

どこかウキウキと、かつ丁寧に説明してくれちゃうお母さんに私は猛然と抗議した。

私は確かに「秘密なんだけど」と前置きしてから、読者さんからの感想コメントがついたことを報告した。だってどうしても誰かと共有したかったのだ——あまりにも嬉しかったから。

「読者？」

お兄ちゃんの冷静な声に、私はひやりと口をつぐむ。

「この子ったら、自分でも書きたくなっちゃったんだって。気持ちはすごくわかるし、とっても読みたいのに読ませてくれないのよー」

私の「お母さん」という悲痛な叫びと、お兄ちゃんの「玲奈」という声が重なった。

「読ませなくてもいいから、内容だけ教えて。どんな話を書いたの？」

「……もちろん、ゼロの話よ。ゼロの可愛さを世界に向けて発信しなきゃ気が済まなかったの。ゼロ視点の話でね、ゼロから見た飼い主一家とか町の様子とか」

「それは現実そのままで？」

「う、ん……まあ、ある程度モデルにはしている、かな。アップしたら次の日にはもうコメントをつけてくれたのよ。ゼロさんのわんこ愛が伝わってきましたって、すごく褒めてくれたの。あ、私、サイトではペンネームをゼロにしているから。本名で登録なんて、そんな危ないことはしていないよ？」何となく早口になるのを自覚しつつ、促《うなが》されるままに話を続ける。「それで、その人……櫻《さくら》さんっていうんだけど、櫻さんとDMでやり取りするようになったの。すごく小説に詳しい人で、最初のお話で視点がぶれているところがあるって指摘を受けたの。それでね、最初は自分に近いキャラクターを主人公に据えた一人称の方がいいかもってアドバイスを受けたの。それで大学生の女の子視点のお話を書いてアップしたら、それもすごく褒めてくれて」

「念のために聞くけど、まさか玲奈の画像なんて送ってないよね？」

そう尋ねるお兄ちゃんの声が、なんだか固い。

「……送ってないよ、私のは」

少しびくびくしながら答えたら、間髪を容《い》れず「私のは、は？」と聞き返された。ううっ、いつも優しいお兄ちゃんが怖い。

「……えと、ゼロの画像は送った、よ？　犬が好きだから見たいって言われたし、すごく可愛いって褒めてくれるから、その後も結構いっぱい」

「固有名詞は出してないよね？」

「苗字は教えてないよ、もちろん……ただ、ペンネームの由来を聞かれて、その流れで下の名前は書いた……かも」

「住んでいる地域名は？」

「もちろん住所とかは教えてないよ？　ただ、お話の中で、川の名前とか、お店の名前とかは結構そのまま使った……かも」

「バイト先は？」

「……面白い名前のパン屋さんで働いている、とだけ……」

ごにょごにょ言ったら家の中が、嫌な感じに静まり返った。

「……それ、言ったも同然だよね。この近所のパン屋は、パンダパン以外は、全国チェーンのパン屋しかないんだから」

お兄ちゃんの顔が怖い。

「怒ったらやだ、怖いよお兄ちゃん」

「怒ってない。あまりのことに危機感を募らせただけだ」お兄ちゃんは大きく息を吸った。そして静かに話しだす。「いいか、玲奈。ネットの世界には恐ろしい探偵がいっぱいいるんだぞ。何てことない画像から、本人特定をしてしまうんだ。それこそ、背景に写り込んだ車のナンバーとか、店の看板とか、特徴のある建物とかで地域特定なんてお手の物だ。別人がそれぞれのSNSにアップしたベランダ菜園のルッコラの画像と、きれいに作ったサラダの画像で、拡大して重ねたらルッコラの葉脈が完全一致、よってこの二人は付き合っているんじゃないかと、騒ぎになったこともあったそうだよ。アイドルだったか、自撮りの画像を拡大して瞳に写り込んだ風景で住所バレ、なんてのもあったな」

「なにそれ怖い」とお母さんが言い、「高画質も考え物だな」とお父さんもつぶやく。

「でもアイドルならともかく、私だよ？　私なんかにそんな手間暇かけちゃうかなあ？　それにそもそも櫻さんは女の人だよ？」と言ったら、お兄ちゃんがはあと、ため息をついた。

「ネットの自称性別なんて当てになるか」

「そうよ、小説家や漫画家のペンネームだって、女性がわざと男性っぽい名前を名乗ったり、その逆だったりなんて、全然普通のことなんだから。ね、お父さん？」

力強く同意を求められたお父さんも、「まあ、そうだね」とうなずく。

「一応聞くけど、女の人だって根拠は？　本人がそう自称しただけ？」

「だって一人称は、私、だよ？」

「一人称が私で男が主人公の小説なんて、いくらでもあるよ」

お兄ちゃんの言葉に、お母さんが「私小説……」と続けかけて、珍しくお父さんから「それは違う」と突っ込まれていた。

「そのサイトを通じて、櫻さんとやらに連絡を取るか」

「それはやめて」お兄ちゃんの言葉に、私は慌てて止めた。「まだ決まったわけじゃないのに、失礼だよ」

「限りなく怪しいけどな……」

完全に犯人だと決めつけている。絶対違うのに、知的ですごく感じのいい人なのに、わかってもらえないのがもどかしい。

「まあとにかくだ」と家長たるお父さんがまとめに入った。「犬の散歩コースもばれている可能性が高い。今日は逃げられてしまったけど、きっとまた現れるだろう。店ならまだ人目もあるけど、早朝の川辺は玲奈だけになる瞬間もあるだろう？　危なっかしいから、明日の散歩は僕も付き添うよ。僕もずっと付き添えるわけじゃないから、むしろ明日相手が出てきて話ができるといいんだけどね」

「……えーと、あの、なんかごめんね？」

私としては恥ずかしい気持ちやら言いたいことやらあるにはあったのだけれど、家族にすっかり迷惑をかけたことは事実なので、一応ぺこりと頭を下げておく。皆、それぞれの表情を浮かべていたけれど、私を心底心配してくれていることだけはわかった。

唯一ゼロだけは、白っぽい毛が多く混じったお腹をぽこんと天に向け、実に太平楽《たいへいらく》な感じで幸せな寝息を立てていた。

ゼロ

5

二階で目覚ましが鳴る、その直前。ゼロはぴくりと耳を動かした。

ここまでは、いつもと同じ早い朝。

レイちゃんの目覚ましが鳴ると同時に、三つの気配が同時に動きだす。少し遅れて目覚ましが鳴り止み、レイちゃんがもぞもぞ起きだす気配が続く。

闇がすっと立ち上がるように、先輩が姿を現す。

「どうやら皆、レイちゃんに同行するつもりらしいな。昨日の家族会議は見当違いな方向に進んでしまったし、ちょうどいい。今日こそ決着をつけよう。ゼロ、覚悟はいいな」

決意を促すように言われ、ゼロは張り切ってひと声吠える。覚悟なんてものは、レイちゃんを守ると決めた日から常にお座り待機だ。

レイちゃんは「いくらなんでも全員で行くのは恥ずかしい。お父さんだけでいい」とごねたけれど、お兄ちゃんもお母さんも引かなかったから仕方なく「離れてついてきてね」と妥協した。

「少なくともお母さんは留守番で良かったんじゃない？」とお兄ちゃんに言われた当人は、「そんな風に言われる人物こそが、実は重要な役割を果たしたりするのよ……物語ではね」とどこ吹く風だった。


「ゼロ。お前に言っておきたいことがある」

土手の道に入ったところで、先輩が口を開いた。元気よく後輩が応える。

「レイちゃんの敵はかむよ！」

「それだ。お前はいつも嚙む嚙むと威勢だけはいいが、人間を嚙んだ犬は場合によっちゃ処分されるぞ」

「ショブン？」

「殺されるってことだ。それに飼い主のレイちゃんも糾弾される。だからお前の牙は最後の手段だとわきまえるんだな。レイちゃんが暴力を受けそうなとき。敵が武器を持っているとき。そんなときには、迷わず、文字通り死ぬ気で戦え」

「うん。そのときは死ぬ気でレイちゃんの敵をかむよ」

「まあ、逆に言えば、今日みたいに人手があるときには、敵を脅《おど》しつけるだけでいい。もう二度と、レイちゃんを尾け回す気になれないくらいな。つってもお前のそのナリじゃあ舐《な》められるかもしれないからな、俺が力を貸してやる」

「先輩がかむの?」

先ほどの話を一応覚えていたゼロは、心配になって尋ねた。そのとき、お母さんが声を上げた。

「ほらまたゼロが。あの子しょっちゅう、誰もいない方を見て尻尾を振ったりおしゃべりするみたいに吠えたりしてるのよ。時々怒られたみたいにしゅんとしてたり。妖精さんのお友達でもいるのかしら?」

「そのファンタスティックな発想はなかったよ……」

お母さんとお兄ちゃんとの会話に、先輩はにやりと笑った。

「聞いての通り、俺の姿は人間には見えない。実体がないから、牙も役に立たない。そしておそらく俺が共にいられる時間はもうそれほど長くない。だから全てをお前に託すんだ」

意味がわからず、ゼロはこてんと首を傾げた。

「……猫は家に憑《つ》く。犬は人に憑く。言ってみりゃ、そんなとこだ」

説明されてもますますわからない。またしてもゼロが首を傾げたとき、前方からしわがれ声が聞こえた。

「玲奈ちゃん、おはよう。今朝も早いわねー」

いつも会うおばあちゃんだった。

「今日もアルバイトなの？　駅の方に用があるから、買いに行っちゃおうかしら」

「あはは、ありがとうございます。でも今日はシフト入っていないんですよー」

二人の会話に割って入ったのは、お母さんだった。

「もしかして……ヤスノリ君のおばあちゃん？」

おばあちゃんは少し驚いたようにお母さんたちを見た。

「あらまあ、玲奈ちゃんのお母さん？　役員のときには本当にお世話になりましたー。あらまあ、ご家族お揃いで。あらまあ、お兄ちゃん？　すっかり大きくなっちゃって」

おばあちゃんは「あらまあ」を連発しながら、懐かしそうにしゃべり続けている。その隙間を縫《ぬ》うように、「ヤスノリ君はお元気ですか？」とお母さんが尋ねたら、おばあちゃんはしょんぼりと顔を曇らせた。

「あの子ねー、今、お休み中なのよー。ほら、今は人間関係で、辛いことも多いでしょう？あ、そうだ。玲奈ちゃん、うちに遊びに来なさいよー。あの子の話を聞いてやって欲しいの。きっと喜ぶわあ、ヤスノリ、幼稚園の頃から玲奈ちゃんのこと大好きだったから」

「あはは……」と笑うレイちゃんをよそに、ゼロに少しだけ残っている野性の部分が、湯気のように立ち上っている他の家族の怒気を感じていた。

そのときである。

「ゼロ。行くぞ。力いっぱい走れ」

先輩の命令に、ゼロは即座に渾身《こんしん》の力でダッシュした。突然のことに、ぼうっと立っていたレイちゃんの手から、リードがするりと抜けていく。

先輩に先導されるままに夏草の間を抜けると、土手下の道路に一人の男がこちらを窺うように立っていた。間違いなく、レイちゃんを尾け回していたあの男である。

「このまま襲いかかれ。俺が援護する」

ゼロに一瞬の迷いもなかった。だってあれはレイちゃんの敵で、先輩の言葉は絶対だから。できる限り獰猛《どうもう》に吠えながら、敵に向かって一直線に躍《おど》りかかる。相手はぎょっとした顔をして棒立ちだ。

狙うなら急所。最善は相手の喉笛……は高さ的に難しく、脇腹に喰らいついてはらわたを引きずりだす……にも足りなくて、結局届いたのは、半端丈ジャージの膝《ひざ》付近の布地だった。

「うわあああっ」

男は凄《すさ》まじい悲鳴を上げて、その場に尻もちをついた。「嫌だー、来るなー」と叫んでいるが、なぜかその視線はゼロよりだいぶ高い位置に縫い留められていた。

ジャージの生地に喰らいつくのに忙しいゼロに、先輩は優しく言った。

「良くやった、ゼロ。さすがは俺の後継者だ」

相変わらず先輩の言葉は難しい。だけど褒められたことはわかったので、嬉しくて、千切れんばかりに尻尾を振った。

玲奈 5

リードを振り切って逃げだしたゼロを追っていたら、すごい叫び声がした。取りあえずゼロの声じゃないことにほっとしかけたけど、安心する要素はどこにもなかった。

皆で恐る恐る見に行くと、土手下の道路にあのストーカー男がへたり込んでいた。その膝小僧あたりにゼロがのしかかり、ズボンのすそをガジガジやっている。一見したところ、単に甘えてじゃれついているようでもある。男の取り乱し方がいっそ滑稽《こっけい》で、思わず笑ってしまった。

「まああ、ヤスノリ。犬に嚙まれたの？」

おばあちゃんはこちらに非難の一瞥《いちべつ》をくれると、慌てて土手を降りて行った。私たちもぞろぞろ付いていく。今一つ、事態が吞み込めなかった。

「早く、犬を退《ど》けて」とおばあちゃんに言われ、私は巻き取ったリードごとゼロを抱き上げた。

おばあちゃんはきっと私を睨《にら》み、「お宅の犬は前にもうちのヤスノリを噛みましたよね？　おかげでこの子は犬が怖くなっちゃったんですよ。近頃はやっと平気になってきたのに、どうしてくれるんですか！」

確かにヤスノリ君は未《いま》だ立ち上がろうとせず、腰を抜かしたように「黒い……でかい犬が……」なんてぶつぶつ言っている。

激怒するおばあちゃんに、お母さんが言った。

「あら、たかが小型犬相手に大《おお》げさじゃありません？　うちの犬はヤスノリ君が大好きで、甘えてじゃれついいちゃったんですよ」

ぽかんとするおばあちゃんに、お母さんはにっこりと笑った。

「昔、同じ様なことをおっしゃっていましたよね？　そちらのヤスノリ君が幼稚園でさんざんうちの玲奈を虐《いじ》めて、玩具で叩いたり、グーで叩いたり、わざと泥をぶつけて服を汚したり、スカートをめくったり、持ち物を壊したり取り上げたり。こちらがいくら抗議しても、たかが幼稚園児相手に大げさだって。うちのヤスノリは玲奈ちゃんのことが大好きで、甘えてじゃれついちゃったのよって。お孫さんのこと、叱りもしませんでしたよね？　挙句《あげく》の果てにお孫さんは公園で玲奈に出くわしたとき、棒で叩こうとしましたよね？　それでいて、うちの犬がヤスノリ君に〈じゃれついて〉転ばせたことを、大騒ぎして非難してきましたよね？」

「あれは……あの黒犬がうちの孫に噛みついたから」

「甘噛みですよ。軽く歯形が付いただけだったでしょう？　あの子はお孫さんと違ってちゃんと手加減してました。なのに保健所に送れだなんだって……ご安心ください。あの後しばらくして、あの子は天寿を全うしましたよ」

お母さんの言葉に、泣きそうになった。

ふいに思い出したことがあった。

昔、我が家には一匹のわんこがいた。額の白い毛以外は真っ黒で、子供の眼にはとても大きくて強そうだった。実際、獣医さんには『この子は猟犬の血を引いているね』と言われたらしい。忍者のように闇に紛れ、風のように素早かった。私のもう一人のお兄ちゃんで、守ってくれるナイトだった。

幼稚園の頃、私は極端におとなしい子供だった。だからヤスノリ君から執拗《しつよう》な虐めを受けても、「やめて」と言うことすらできず、先生に助けを求めることなんて到底無理だった。

公園で、遊具に惹かれて駈け寄った先にヤスノリ君がいたときには絶望した。ヤスノリ君がにやっと笑い、当たり前のように手にした棒を振り下ろしてきた、そのとき。

黒い弾丸みたいにうちのわんこが走ってきて、目の前の虐めっ子に体当たりしたのだ。

——人間は怖い。でもわんこは助けてくれる。

私の脳裏にそんな文章が、倍角赤文字で刻み込まれた瞬間だった。

一方のヤスノリ君には、別な文章が刻まれたらしい。怯《おび》えていた彼にお母さんが駈け寄って、

「大丈夫、大丈夫、玲奈のこと、虐めたり叩いたりしなければ、うちのわんこはヤスノリ君のこと、絶対嚙んだりしないわ。もう近づかなきゃいいのよー。嚙まれたら痛いからねー」と、何度も何度もささやいて刷り込んでおいたという。おかげで虐めはぴたりと止んで、私の暗黒時代は終わりを告げたのだった。

あの後すぐ、うちの英雄たる初代わんこは死んでしまった。病気で、獣医さんにもどうにもできなかった。

大好きだった。家族であり、友達であり、ナイトだった。私が今も元気に生きているのは、わんこのおかげだと聞かされて育った。最期まで、私を力の限り守ってくれた。

家族みんなで散々泣き、「こんなに哀しい思いをするなら、もう生き物なんて飼えない」とお母さんは言った。皆も大きくうなずいた。もちろん、私も。

あまりに哀し過ぎて、心のどこかにしまい込んで蓋をしてしまった記憶だ。

だけど高校の三年間は、少しずつ私の心を削ってしまったんだと思う。それにつれてじわじわと、もう一度わんこに出会いたいと思ってしまった。私を助けてくれる、守ってくれる忠実なナイトに。

実際私のところにやってきたのは、世界一可愛くてちっちゃくて、むしろ守ってあげたくなるようなわんこだったけれど。

だけどゼロはその小さな体で、見事ストーカーの正体を暴きだしてくれた。それがあの虐めっ子だったなんて、本当に驚きだ。

お父さんとお兄ちゃんが代わる代わる質問（というより尋問）してわかったこと。

河原でゼロの散歩をしているところを見かけて、ヤスノリ君はすぐに私だと気づいたらしい。

彼の家は、河原のすぐ目の前にあるアパートの三階だった。土手が高くなっているから、ちょうどすぐ下に散歩している人たちが見える。

毎朝同じ時間に窓に貼りつくヤスノリ君の姿に、すぐにぴんときたおばあちゃんは、さっそく土手で待ち伏せて、孫のために世間話という名の情報収集をしていたらしい。めちゃくちゃストレートかつダイレクトに漏れていたのね、私の個人情報。

ヤスノリ君は自分の祖母からの情報と唆《そその》かしにより、私の跡を尾けたり、パン屋を訪れたりしたのだそうな。

おばあちゃんは私とお母さんには強気だったけれど、完全に怒っているお父さんとお兄ちゃんは怖かったみたいで、聞かれるままに色んなことを教えてくれた。

そもそも付きまといの理由は私とお付き合いしたかったから。

「虐めてたくせに」とお兄ちゃんが詰《なじ》ったら、「玲奈ちゃんが可愛くて好きだったから、ついつい虐めちゃったのよー」と当然のことみたいに言われた。

「まったく理解ができません」というお父さんの言葉は、今まで聞いたことがないくらい冷たかった。「我が家では人には親切に、好きな人はとりわけ大切にするよう教えています。暴力なんてもってのほか。お宅とはまったく考え方が違うようですので、二度と関わらないでください。今度お孫さんが玲奈の周りをうろちょろしたら、問答無用で警察に突きだしますよ」

そうきっちり釘を刺して、相手の言質《げんち》も取り、ようやく騒動は幕を下ろしたのだった。

このやり取りは終始うちの家族とおばあちゃんの間でのみ行われ、ヤスノリ君は尻もちをついた姿勢のままで固まっていた。今回のことが大きなトラウマになっていて欲しいと、切に思う。

ちなみに櫻さんはやっぱりまったくの無関係だった。とんだ濡《ぬ》れ衣《ぎぬ》である。

そもそもヤスノリ君はネット環境を一切持っていなかった。おばあちゃんがごにょごにょ言っていたところによると、別居の実父から取り上げられたらしい。絶対何かやらかしたんだろうなとは思う。そもそも何で父親と別居なのか、何か事情があるんだろうけれど深入りするのはごめんだ。

それにしてもヤスノリ君もおばあちゃんも、よく私に気づいたなと思う。小学校では一度しか同じクラスにならなかったし、中学校は学区が違ったのに。そんなに子供の頃から変わっていないんだろうかと思うと、だいぶがっかりだ。

私の方は、虐めてくる乱暴な男の子がいたことは覚えていたけれど、顔なんて完全に忘れていた。クラスメイトとしてのヤスノリ君さえおぼろげで、さらにその成長した姿なんてわかるわけがない。かろうじておばあちゃんは、行事のたびにやたらと話しかけてきたし、あんまり変わっていなかったからわかったけれど。

ともあれ今は連絡網にも住所は記載されないから、家まで知られていなかったのは不幸中の幸いだった。

「一応散歩のコースは変えますが、万一会ってももう絶対話しかけないでください」

お父さんからおばあちゃんとその孫に、念押しの釘をきっちり刺し終えると、私たちはあくびを噛み殺しながら帰途に就いた。なんだかどっと疲れてしまった。お兄ちゃんは「家に帰ったら二度寝だな」と言っている。せっかくの休みにごめんねと、ありがとうを伝えて、照れ隠しに「でも正直全員で来たのは過保護だよね」と言ったら、「そんなことないわ。好きだから、大切にしているだけよ」とお母さんは笑った。

私に起きたトラブルを、ほぼ未然に防いでくれた私の家族は、そしてゼロは、なんと頼もしいんだろう……過保護だけど。

家に帰りついてから、お母さんは言った。

「今でも時々、家の中にあの子がいるような気がすることがあるのよね……気配とか、かすかな物音とか。ゼロだって、あらぬ空間をじっと見つめて嬉しそうに尻尾振ってたりするし。きっとゼロには偉大な先輩犬が見えているんだわ」

「見えているのは妖精じゃなかったの？」

とお兄ちゃんが突っ込んだ。

――本当にお母さんの言う通りだったらいいのに。

たとえ目には見えなくても。あの強くて賢くて優しい真っ黒なナイトが、今でもずっと傍にいてくれるんだとしたら。

それはどんなに嬉しく、幸せで、心慰《なぐさ》められることだろう……心から、そう思った。

6

次にバイトのシフトが入ったとき、店長さんから開口一番「聞いたわよ、大変だったわねえ。でももう安心ね」と言われた。母が既に電話で報告済みだったらしい。葉月ちゃんからは「後で詳しく」と言われたので、予定の合う日にカフェでお茶をすることになった。

顛末《てんまつ》を淡々と話したら、葉月ちゃんはなんとも言えない顔をして、「ストーカーの執着っぷりもびっくりだけど、玲奈の家族も中々に過保護だね」と言った。

「やっぱり過保護だよね……」

「まあでも羨《うらや》ましいよ。うちなんて、基本放任だもん」

「だから葉月ちゃんはしっかりしているんだね」と納得しつつ、私はごそごそと自分のトートバッグを探った。

「あの、これ、忘れないうちに渡しとくね」

「え、なにこれ」

可愛くラッピングされた包みを受け取り、葉月ちゃんは首を傾げる。

「誕生日プレゼント。だって葉月って、八月のことでしょ？　昨日、ぴんときちゃった」

葉月ちゃんは目をまん丸くして、それからぷっと吹き出した。

「……高校三年間で気づかなかったくせに、今更ぴんとも何もないでしょ。第一、誕生日ならもう過ぎてるよ」

「うん、まあ、その可能性は高いと思ってた」

もうお盆を過ぎちゃったものね。

中身はこの町で一番美味しいと思っている洋菓子店の焼き菓子だ。消えものなところに、プレゼント選びに関する自信のなさが現れているな、我ながら。

「どうもありがとう……気を遣わせちゃってごめんね」と言われて、私はにっこり笑った。

「いえいえ。私だって少しは成長するんだから。いつまでも気の利かないぼーちゃんじゃいられないのです」

おどけて言ったつもりだったけど、葉月ちゃんはふと目を伏せた。少しの沈黙の後に、思い切ったように口を開く。

「香里がさ、玲奈のこと目の敵《かたき》にしだした理由って知らないよね？　私、部活もあの子と一緒だったんだけど、香里が憧れている先輩がいてさ、なんかの打ち上げのときに先輩の隣をキープしてさ、スマホの画像を見せたわけよ。『この中で一番タイプは誰ですかー？』って。それが私たちで海に行ったときの写真でさ。ほら、全員で並んで撮ったやつ。水着で」

「その先輩って、男だよね？」

「もちろん」

「ギャー、やだー。何で人に見せるの？」

「まあ、普通に嫌だよね。あの子、胸がでかいのをやたら自慢してたから、自分が一番って言ってもらえると思ってたんでしょ。そしたら先輩が悪気なく指さしたのが、玲奈だったってわけ。可愛くておとなしげな子がタイプなんだってさ」

葉月ちゃんがこちらの反応を窺うようににやりと笑い、私はむうっと膨れた。

「少なくとも私は、おとなしげな子がタイプなんて言う人は嫌い」

あのヤスノリ君の虐めだって、私がおとなしくて、何ひとつ抵抗できなかったことでエスカレートしたんだろうし。そのときの記憶があったから、今も「押せばイケる」なんて思わせちゃったんだろうし。

葉月ちゃんは、あははっと声を立てて笑った。

「それはまあ、心から同感。でね、それで何が言いたいかっていうと、結局高校のときのあれは香里の八つ当たりであって、玲奈は別に悪くなかったんだよ。あんとき私が偉そうなことを言っちゃったことも含めて、謝りたいと思ってたの……私さ、中学のときにハブられたことがあって、もう絶対嫌だって思ったから、すっごく気を遣って、誘われたら絶対断わらないで、すごく頑張ってたんだよね……だからなーんにも考えていないみたいで、案の定みたいなことになってた玲奈に正直ちょっとイラついたんだ。

……でも今になってみれば、無駄なことに時間やお金を使ったもんだと思うよ……。本当にごめんなさい」

とても真摯《しんし》に頭を下げられてしまい、慌ててしまった。

出会ってからは四年と少し。こうして私たちは紆余曲折《うよきょくせつ》の末、驚いたことに友達になってしまったのである……葉月ちゃんの言葉を借りれば、今更、なのだけど。

数日後、また「ギャー」と叫ぶようなことがあった。私がサイトにアップした小説を閲覧する人が複数出てきて喜んでいたのだが、なんと感想メールが届いたのだ。直接、私のスマホに。恐怖である。

犯人（?）はもちろん私の家族で、お父さんのはまあまっとうな感想だった。それはそれで恥ずかしいけれど。お兄ちゃんからのは細かい駄目だしだった。ここのこういう部分は知ってる人が読めば地域特定に繋がるから表現を変えるようにという、具体的で有無を言わさない感じのアドバイスである。ありがたいやらめんどくさいやら、だ。異世界の話ばかりが大流行する隠れた理由の一つに思えてならない。

お母さんは直接、「読んだヨー」と言ってきた。全然悪気なさそうに、日常のそこここで内容について触れてくる。そのたびにダメージを受けるので、ぜひやめていただきたい。

そんなこんなでサイトの方は放置していたからだろう、櫻さんから「どうしてますか?」とメールが来た。櫻さんにはとんだ濡れ衣を着せていたこともあり、「実はこれこれこういうことが」と騒動をかいつまんで伝えると、すぐに返信があった。

「ストーカーはしてませんが、実はゼロさんには隠していたことがあって……」と始まったその内容に驚いた。

なんと櫻さんは、あのあんころさんだった。私が大好きな小説を書いていた作者さんである。何でも思うところがあり、別アカウントでログインして、別名で読み専のマイページを作ったのだそうだ。

あんころさんこと櫻さんは(餅《もち》シリーズ?)、コメント欄でしつこく絡んでくる読者さんの対応に疲れてしまったらしい。

当時、あんころさんの作品は一応の完結を見て、その後アナザーストーリーに入っていた。するとたんに掌を返した読者がいたのだ。

曰く、ちょっとウケたコンテンツを使いまわす気満々ですね、とか。ハッピーエンドの続きなんて、退屈そのもの、とか。引き出しの少なさがバレバレですよー、とか。メデタシメデタシで終わったさらにその続きなんて、誰が読みたいっていうんだよ、とか。同じ様なことを言葉を換えては言ってきて、しつこい上に、かなり失礼だ。

これだけ粘着してくるってことは、この人はきっとあんころさんの作品が大好きなのだ。ヤスノリ君と同じで、あんまり嬉しくない執着だろうけど。

ハッピーエンドのその先なんて知りたくないよというのも一つの意見なのだろう。だけど、だったら読まなきゃいいじゃない？　と思ってしまう。続きを望む人だっているんだし。そもそもが、無料で読ませてもらっているんだし。でもそれを言ったら、きっと逆上するんだろうなあ……。

そんな流れの中、空気を読まない私が、「気になっていたあの人の新生活が読めて嬉しいです。これからも登場人物たちの行く末を見守りたいです」というような内容のコメントをしたのだ。櫻さんはそれがとても嬉しかったそうだ。作品が一旦完結した際、感動と興奮に駆られて熱烈な感想コメントを書き込んでいたことも覚えていてくれたらしい。

それでお気に入りユーザーに登録していた私が作品をアップしたと気づき、早速読んで櫻さんの名前で感想コメントを送ってくれたのだ。

なんという奇跡！　なんという幸せ！

あんころさん（櫻さん）は「夏休みのうちに新作をアップしますね」とビッグニュースをく

れた。ちなみにこのニュースには、櫻さんが学生であるという超重要な個人情報も含まれている……たぶん。先生側である可能性もゼロではないけれど。

やがて待ちに待った新作がアップされて、わくわくと読み進めるうちに「ん？」と思った。大学が舞台のお話なのだが、「すごい、この背景描写、まるで目に浮かぶようだわ」と絶賛しつつ読んでいて、よくよく読み返してみると慣れ親しんだうちの大学の光景とあまりにもよく似ている。特に主人公たちが語り合う中庭の東屋《あずまや》なんて、独特なデザインといい、真正面にアヒルの池があることといい、まったく同じだ。

この東屋、寄付によって昨年末に建てられた、できたてのほやほやだ。よって卒業生が作者とも思えない。

あれあれ、もしかして？

もし本当に舞台のモデルがうちの大学なら、学内にあんころさん（櫻さん）が在籍しているということになる。なんとまあ、漫画みたいな偶然。ネットの世界は意外と狭かった？

この事態に妄想が一気に広がっていく。どんな人なんだろう？　学内に親しい先輩がいるのはとても素敵。あ、でも、逆に「玲奈先輩」と呼ばれるのも悪くないかも。あんころさん（櫻さん）は大天才だから、そんな風に呼ばれたらきっと焦《あせ》ってしまうけど。もちろん同級生ならもっといい。教室でばったり会って、「久しぶり、隣いい？」なんて言える関係になれたら。

私今、ぼっちだし。こんな形で、もし万が一、友達になれたりしたらとても嬉しい。二人で小説の話をしちゃったり。そこまでおこがましいことじゃなくても、遠くからご尊顔を拝するだけで充分嬉しい。あれ、あれ、私の方がストーカー？

ともあれ、夏休みが終わったら、さっそく中庭の東屋を覗いてみようと心に決める。今までずっと憂鬱だった夏休みの終わりが、とても楽しみになった。

ソファの真ん中を占領して、ゼロが気持ちよさそうに寝ている。なんて平穏で幸せな光景。――絶対不動のこの世の真実。私のわんこは、宇宙一可愛い。無《ゼロ》の名を持つこの子は、私にたくさんのものを運んでくれた。

空っぽだった私の腕の中。そこには今、カフェオレ色のふわふわに包まれた、温かな幸せの固まりがいる。

1
(ONE)
前編

ぼくだけの犬が欲しかった。
世界でただ一匹の、ぼくのことが一番好きな犬が欲しかった。

*

子供の頃、ぼくら一家は日本各地を移り住む生活をしていた。父の仕事がある種の建築関係で、その特殊性から現場は常に風光明媚《ふうこうめいび》な地方に限られていた。だからぼくは小学生まではずっと、田舎《いなか》の少年として育ってきたのだ。

当時のことを母はのんきに「養蜂家《ようほうか》とか遊牧民みたいで楽しかったわー」とよく回想している。実際、移り住む先々に親戚や友達を呼んだり、現地でも新しい友達を増やして、皆であちこち見て回ったり、いつも楽しそうにしていた。夏休みなんて、遊びに来たいとこ達に加えて、現地で母が仲良くなった家族連れも合流したりして、とてもにぎやかだった。

その和気あいあいとしたなかに、もちろんぼくはちゃんといた。子供だまりの中にいて、みんなに合わせて笑ったり動いたりしていたけれど、どうしてか、一人でいるときよりもずっと一人な気がしていた。

いとこたちは性別が違ったり、同性でも年齢が微妙に離れていたりして、あまり気安い感じではなかった。その他の子達は〈お母さんの友達の子供〉であって、ぼくの友達ってわけじゃない。ぐいぐい距離を詰めてくるやつもいたけれど、そうされると思わずこっちはじりじりと後ずさってしまう。結果、ぼくはいつだって、重たい泥に閉じ込められたあぶくみたいに、ただ、ぽつんと静かだった。


犬を飼いたい。

そう母に切り出したのは、幼稚園の年少の頃だったろうか。確かそのとき、父は仕事中だった。幼心《おさなごころ》に、母さえ口添えしてくれれば父は駄目とは言わないだろうという計算があった。

あまりにも唐突だったせいか、母はしばし無言だった。やがて気を取り直したように口を開く。

「急にどうしたの？　なんで犬？　ちなみに私は断然猫派よ。猫なら私も飼いたいけど、猫は家に付くっていうでしょう？　今の生活だと可哀そうだし、無理よね……あ、あとパンダも好きだけど、さすがに広大な竹林《ちくりん》を持ってなきゃ無理よね。もし最大が中型犬サイズで、パンダフードが手軽に買える状況になったら、飼う誘惑から逃れられる自信はないわ。でもでも、それは仔犬や仔猫に大きくなるなって言ってるようなものよね。それは生き物に対して失礼よね。

そんなことを望むんなら、ぬいぐるみで満足しておけって話なわけよ。ぬいぐるみなら、病気になったり死んじゃったりしないでしょう？　命が消えてしまうのは、たまらなく辛《つら》いことなのよ？」

　最後の方では涙目だ。

　母には時々、こんなふうに際限なく本筋を外れていく悪癖があった。そんなときは特に、使う言葉が大人に向けたものと大差無くなっていたように思う。

　それはともかく、そもそもパンダをペットにするにあたっての難点は、竹林がどうとかサイズがどうとかいう問題ではないだろう……今更だけれど。

「ぼくが飼いたいのは、猫でもパンダでもなく犬なんだけど」

　熱弁が終わるのを待ってから、辛抱強く繰り返したら、母はちょっと渋い顔をした。

「犬かあ……これからのお引っ越し先が、犬が大丈夫なところばかりとは限らないのよね……」

　確かにそのときは一戸建てだったけれど、アパートみたいなところに入居したことも何度かあった。その時々で色々な事情があって、好きな家を選べるというわけでもなかったらしい。

　そういう事情は今なら理解もできるし、母を困らせたんだとも思う。けれど当時は、ただただ失望していた。

　幼かったぼくには、自分の気持ちをうまく説明できないことが多かった。母との会話で、同じ年頃の子供よりは語彙《ごい》が多かったと思う。それでも、あふれる感情に、言葉が追いついていかない。もどかしくて、口惜《くや》しくて、最後には伝えようとすることに疲れてしまう。けれど、どうしても犬を飼いたい理由はあったのだ。

その前年だったろうか。当時住んでいたのは、比較的起伏の少ない土地に、どこまでも畑や果樹園が続いているような場所だった。越してきて間もない家は古い木造の平屋で、縁側から直接庭に出られるのが子供心に魅力的だった。そのための手すり付き階段を、父があらかじめ取り付けてくれていた。

母からは、庭までなら自由に出入りしていいと言われていた。だけど敷地の中と外の違いなんて、子供にはないも同然だった。塀や生垣なんてものもなく、庭は世界と地続きだった。

犬を見に行こうと、唐突に思った。引っ越しの挨拶《あいさつ》に行ったご近所に、とても可愛い犬を飼っている家があり、ぼくは一目でその虜《とりこ》になっていた。軽くトーストしたパンみたいな色で、賢げな両目がくりくりしていた。今思うに、あれは茶色の柴犬《しばいぬ》だった。一目見たときからぼくは、その犬に夢中だった。散歩の途中で撫《な》でさせてもらった毛並みも、ちぎれそうに振る丸まった尻尾《しっぽ》も、匂いを嗅《か》ぎながらこすりつけてくる鼻面も、はっはと開いた口から覗《のぞ》くピンクの舌も、そしてもちろんつぶらな瞳も、何もかもが完璧で最高だった。

小走りに駆けて行ったご近所の家に、生憎《あいにく》と犬は不在だった。空《から》っぽの犬小屋を前に、呆然と立ちすくんでいたら、そこんちのおばちゃんから声をかけられた。

「ああ、モモとタロはお散歩行ってるよー」

お母さん犬のモモは落ち着いていて、向こうから近づいてきたりはしてくれない。一回り小さくて人懐っこいタロが大好きだった。どうしても今、会いたかったのに。

がっかりしたのが顔に出たのだろう、おばちゃんは「すぐに帰ってくるよー」と笑って言った。

「どっち?」

明らかに言葉足らずな質問だったが、相手は察してくれた。

「あっちだけど」とぼくの家とは反対方向を指さし、「でもほんとにすぐだから、ここで待ってなさいね。そうだ、お菓子あるから、ちょっと待ってて」

そう言い残して、親切なおばちゃんは奥に引っ込んでいった。けれど当時のぼくは、〈待て〉を習得していないという点では犬よりはるかに劣っていた。タロに会いたいという気持ちの赴《おもむ》くままに、おばちゃんが〈あっち〉と示してくれた方向へ、とっととと駆けだしてしまった。

道はゆるりと曲がっていて、犬がいた家はすぐに見えなくなった。自分の家は、とうに見えない。何度か振り返ってそれを確認したけれど、あまり不安はなかった。振り返った先、自分の家がある方向には、とてもわかりやすい目印があったから。

それはとても小さな山だった。いや、丘と呼ぶべきか。伏せたお椀《わん》のような形をした場所に、こんもりと木が茂っている。周囲が開けているだけにとても目立っていたし、なんだか妙に可愛らしい。遠目に見るだけで近づいたことはないけれど、ぼくはその小山を気に入っていた。

後から知ったことだけど、その小山は人工的に作られたものだった。何でも昔その地を統治していた偉い人が眠っているそうだ。古墳と呼べるほど歴史のある物ではないけれど、同じような風景ばかりが続くその地域で、あの小山は間違いなくある種のランドマークだった。少し前まで住んでいた、人も家も車もごちゃごちゃしていた町だと、どうしても〈迷子〉という言葉がちらつき、幼いなりにも最低限の自制心みたいなものはあった。それはごく原始的な恐怖と言い換えても良かったかもしれないけれど。

けれどシンプルそのものの田舎町にやってきて、ゆるくかけられていた鍵は簡単にはじけ飛んでしまった。

小山に背中を押されるようにして、ぼくはひたすら歩いた。最初のうちはわくわくしていた。目の前をついと横切るトンボや、道端に落ちていた小石や石垣から垂れ落ちる謎の植物などなど、世界は興味深いもので溢《あふ》れていた。けれど、散歩からすぐに帰ってくるはずのタロにも、そのお母さんのモモにも、なかなか出会えない。これまた後で知ったことだが、二匹の犬を散歩させていた息子さんは、その日に限って用事で寄り道をしていた。つまりぼくとは、ものの見事にすれ違ってしまっていた。

そうとも知らないぼくは、まだかなあ、まだかなあとつぶやきながら、どんどん歩いて行った。道は果樹園や畑の間を縫《ぬ》って、複雑に入り組んでいた。歩くにつれ、ぼくの中を満たしていた冒険心は、どんどん目減りしていった。なんといっても母からこれだけ離れたのは、生まれて初めてだった。

あの可愛い生き物にただ会いたくて、その背を撫でてやりたくて、ひたすら歩いて歩いて……闇雲《やみくも》に歩き続けて。そしていきなり、電池が切れたようにぴたりと立ち止まった。一度立ち止まってしまうと、これ以上は歩けないほどに疲れていることに気づいてしまう。それまでこんなにたくさん歩いたことはなかった。ここまで疲労する前に、「だっこー」と両腕を差し出していた。

けれど今、それに応じて抱き上げてくれる父も母も、ここにはいない。

悔やむような気持ちと共に、冷たい不安が背中をつうっと滑り下りていく。もう一歩だって歩けそうになかった。

泣き出したい気持ちをこらえつつ、来た道の方を振り返って愕然《がくぜん》とした。

家に帰る目印だったはずの小山が、二つに増えていた。

まさしく、人生で最大の驚きだった。その時点でさほどの年数を過ごしていたわけじゃないとはいえ、この〈山がひとつ増えちゃった事件〉を上回る衝撃は、その後なかなか訪れなかった。

もちろん今なら、そのカラクリもわかる。二つ目の山は突然現れたわけじゃなく、もともとその場所にあった――当たり前だけど。ただ、住んでた家からは手前の小山が邪魔になって見えていなかっただけだ。これも後で知ったけれど、二つ目の小山もやっぱりお墓で、前領主である父親が埋葬されているそうだ。それで息子の方は遠慮して、手前の山の方は少し小さめなんだとか。きっと仲の良い親子だったんだろうなと思う。

まあ、そんなのんきな感想も今だからこそで、当時のぼくは一人恐慌《きょうこう》に陥《おちい》っていた。遠くにある方の小山のサイズが少し大きかった結果、全く同じ大きさ、同じ形の山が並んでいるようにしか見えなかった。どうやら気づかないうちに左へ左へと回り込み、偶然にもそんな計ったようなポイントに到達してしまったようなのだ。しかもそのとき立っていた地点から、二つの小山は角度にしてショートケーキ二切れ分ほども離れていた。角度なんて概念は当然なかったわけだが、そのシンプルな頭脳でも予測できることはある。それは恐ろしい結論だった。

——これは、間違った方を選んでしまったら最後、二度と家には戻れない……。

絶望した幼児にできることなんて、唯《ただ》一つだけだ。

声をあげて泣き出したぼくの横を、するりと通り過ぎた影があった。そのあまりに意外な正体に、出かかっていた涙と声が引っ込んだ。

「タロ!」

ぼくがずっと追いかけていた、お気に入りの犬がそこにいた。首輪はしているけれど、リードはなく、それを握っているはずの人の姿もない。家からずいぶん離れているはずのその場所で、ただ一匹でそこにいた。

タロはちらりと振り返り、ごくおざなりに尻尾を振ってから、またとことこと歩き出す。その茶色い背中が「ついておいで」と言っているような気がした。疲れてもう一歩も歩けないと思っていたのに、犬を見たとたん、両足に力が戻ってきたみたいだった。タロに置いて行かれないように懸命に歩くうち、それほどかからずにタロの家に着いた。真っすぐ進んでいたつもりで左へ左へと曲がった結果、ぼくの人生初の冒険は歪《いびつ》な円を描いて終結したのである。

タロの家には、いなくなったぼくを探してあちこちを走り回っていた母と、そして……。

散歩から帰ったばかりのタロがいた。

けれどそのときのぼくは大泣きしながら母にしがみつくのに忙しく、「あれ？」と思ったのはそれからだいぶたってからのことだった。何しろ当日は人生最長の距離を歩いたことで疲れ果て、夕食を食べながら寝てしまったし、翌朝目覚めたときにはきれいさっぱり忘れてしまっていた。数日たって、散歩中のタロを見かけて初めて首を傾《かし》げた。

あれ？　あのときタロ、二匹いなかった？　それに山も一個増えてなかった？

どう考えても不思議だった。

そんなことを幼児のつたない言葉で伝えるのは大変だったけれども、そのときばかりは途中で諦《あきら》めるわけにはいかない。やがてすべてを理解した母は満面に笑みを浮かべた。

「それはほんとに不思議ねー、そういうことは絶対、パパに聞くべきよ！」

自信たっぷりに、そして歌うがごとく高らかに、母はそう力説するのだった。

後から思うに、母は話を聞いた時点で謎の答えに見当がついていたはずだ。けれど、当時仕事が忙しすぎてなかなかぼくと触れ合えなかった父に、花を持たせたかったのかもしれない。夕食の席でぼくはまた同じ話を繰り返し、母も補足説明をしてくれた。聞き終えた父はにっこり笑った。

「それは不思議で面白いね」と言いながら身を乗り出してくる。そして言った。

「考えられることは二つだな」

真実は一つじゃなかったらしい。「えー？」と疑問の声をあげると、父はまた、笑った。

「まず一つは、この町がとても不思議なところで、一つのものが二つに増えてしまう……山も、犬も」

また「えー」と声が出る。今度は不満の声だったけれど、父は上機嫌だった。

「もう一つは、どっちも最初から二つあった。まず山の方だけど……」

と父はチラシの裏に図を書いて説明してくれた。それはとてもわかりやすくて、思ってもいなかった真相にぼくはびっくり仰天《ぎょうてん》だった。

タロの方はと言えば、ぼくが遭遇したのは隣の町の住人にもらわれていた、タロの兄弟犬だった。新しい飼い主の家から逃げ出して、戻ってきてしまったのだ。

「まあこれは、ママから聞いたんだけどね」と父は付け加え、母は我がことのように自慢げに「ね、パパはすごいでしょう？」と笑った。

今にして思えば、単純この上ない謎解きだ。けれど当時は本当にすごいと心から思った。そしてそれとは別に、深く心に沁《し》みとおった思いがあった。

――あの日。知らない景色の中で、途方に暮れて不安で不安でしかたなかったあのとき。

小さな一匹の犬が、ぼくを助けてくれた。帰る道を見失っていたぼくに、あっさり正しい答えを教えてくれた。まるで揺るぎない道しるべのように頼もしく、その愛らしさと愛嬌《あいきょう》でもって絶望の淵《ふち》からあっという間に救い出してくれた生き物……。

ぼくの中の〈大好きなもの置き場〉のいっとう目立つ場所に、犬という存在が堂々と展示されるようになった記念すべき出来事だった。

だから後日「四歳の誕生日プレゼント、何がいい？」と聞かれて、こりずに「犬がほしい！」と食い気味に答えたのはごく当たり前のことだった。残念ながら、誕生日当日にもらったのは犬のぬいぐるみだったのだけれど。すごく可愛い柴犬のぬいぐるみだったから、長いことぼくの宝物にはなっていた。もちろん、本物を諦めたわけじゃなく、折に触れ、ぼくのおねだりは根気よく、しつこく続いていた。

ぼくがなぜ犬を欲しがっていたか、その理由を説明するのに、ずいぶん長々と語ってしまった。三行にまとめると、

3《スリー》　三歳のぼくが迷子になって、

2《ツー》 二つに増えた小山や仔犬に驚かされたけど、

1《ワン》 ワンコに助けられました、というお話。

*

1

小学校一年生の夏に住み始めたのは、山の多い町だった。

春には桜が、秋には紅葉《もみじ》が見事で、渓谷《けいこく》には釣りや川遊びを楽しめるスポットもある。夏は都市部に比べるとだいぶ涼しい。だから山中の道路沿いには別荘が立ち並び、観光客向けの食事処《どころ》や土産物屋《みやげものや》、道の駅もある、そんな場所だ。

小学校入学当時のことはあまり覚えていない。母が体調を崩し、寝込むことが多くてそれどころではなかったのだ。母はとても気弱になっていて、一時は祖母が来てくれたりして、家の中もぼくの心もひどくざわついていた。

そんな最中にも例によって引っ越ししなければならず、父もずいぶん悩んだらしい。母をぼくと一緒に実家に帰して、自分だけ単身赴任しようかと提案したら、当の母から猛反対されたそうだ。こんなのすぐに良くなるんだから心配いらない、と。

そのときすでに単身者用アパートを紹介されていた父は、大いに慌てたそうだ。現地の不動産屋に頼んで、物件探しを急遽《きゆうきよ》ファミリータイプに変えてもらった。

最初、不動産屋は困ったように言っていたそうだ。

「あの辺りだと、すぐに入れる物件なんてほぼないと思いますよ。空《あ》き家はあってもかなりのリフォームが必要だったり」

彼の説明によると、介護などの事情で都会から戻ってくる縁者を除けば、新規住民なんて観光客向けの商業地区に出店のためにやってくる少数の人間くらいのものらしい（もちろん別荘地はまた別である）。

希望していた地域は父の仕事の現場にも行きやすいし、総合病院も小学校もある。家族で住むならここ以外考えられないと父が焦《あせ》っていたら、ちょうどいい物件が出たと連絡があった。できれば売却が希望だが、買主が見つかるまでは賃貸に出してもいいという。

「ここだけの話、希望価格が高すぎるのもあって、なかなか売れないと思いますよとお伝えしたら、なら仕方がないから売れるまでは貸す、と。正直、借りてくれる人がいるかどうかも疑問だったんです。本当に良かったですね」と不動産屋は言っていたそうだ。

渡りに船とばかりぼくら一家が越してきたのは、夏休みの初めのことだった。もちろん当時のぼくは、そんな経緯を理解していない。ただ、ああ、山だなと思った。平らな部分は少なくて、斜面を削った土地に建てられた家も多い。

新居はこの地では貴重な平地に建っていた。そのせいか地方のわりに、敷地面積は広くない。庭も車を二台も停めれば、後は端の方に小さな花壇が作れるくらいしかない。そして既にそこには色々植えられていた。きゅうり、ナス、トマトと、完全に家庭菜園だった。北側の日陰になる部分にはミョウガまで生えている。

母は「助かるわー」と言いながら、せっせと世話をしていた。幸い、この頃には母もだいぶ元気になっていた。だからお手伝いと称して、一緒にホースで水を撒《ま》いたりするのはとても楽しかった。

夏の水やりは基本、朝と夕方だ。

「真っ昼間にお水をあげると、野菜も花も逆に弱ってしまうのよ」と母から教わった。

けれど、その真っ昼間、ぼくらは慌ててホースを持ち出すこととなる。

といっても消火のためじゃない。むしろ目と鼻の先にあったのは、いつ消えてもおかしくないような命だった。

2

隣の家は、庭で白い大型犬を飼っていた。

その事実に、最初は大いに喜んだ。飼い主に頼んで、撫でたりお手をさせたりできるかもしれない。仲良くなれば、散歩について行ったりできるかもしれない、と。

その犬は女の子で、とてもきれいで毛がふさふさしていた。そして極端におとなしかった。引っ越しの日、ぼくは邪魔にならないように庭でずっと犬を見ていたけれど、その間、一回も吠《ほ》えなかった。それどころか、つぶらな瞳でじっとぼくを見て、ゆるゆると尻尾を振ってくれさえした。

「穏やかで、優しい子なのね」と母は言っていた。

「無駄吠えしない犬なのは、正直助かるな」と父も言った。

後で家族そろって近所に挨拶回りに行ったけれど、犬の家（なんと犬飼《いぬかい》さんというらしい）は留守だった。夜になって灯りがついていたので、七時くらいにもう一度玄関ベルを鳴らしたが、誰も出てこない。何度か鳴らして諦め、家に戻った。帰り際、振り返ったら犬飼家のカーテンが揺れるのが見えた。

それなら休日に、と改めて向かったけれど、窓が開いていてテレビの音が聞こえるのに、やっぱり誰も出てこなかった。

「あんまりご近所付き合いしたくないおうちなのね」と母は言い、父も「そうだね、偶然会えたら、そのときに挨拶すればいいさ」と言った。今までの引っ越しでも、絶対に中に人がいるのに出てこない家はたまにあったらしい。「きっと恥ずかしがり屋なのねー」と母は言っていた。ぼくも引っ越しのたびに他所《よそ》の家に挨拶に行くのは恥ずかしかったから、なんとなく気持ちはわかる気がした。

犬飼家の人とは、その後も中々会えなかった。人が住んでいる気配はするし、車やバイクで出入りする人たちはいる。少なくとも二人、どちらも男性で、「たぶん親子ね」と母は言っていた。母が声をかけても、生返事だけでさっさと出かけてしまうらしい。かなりレベルの高い恥ずかしがり屋だ。これはもう、そういう人たちということで、ぼくら家族がどうこういうことじゃない。

問題は、その家が飼っているペットだ。

あの白くてきれいな大型犬の世話が、どう見てもちゃんとなされていない。

一応、餌《えさ》は与えられている。容器に餌をざあっと入れる音が、うちまで聞こえてくる。水はバケツに入れて与えているようだ。けれど時間は不定期で、ひどく汚れた餌入れに山盛り放置、雨でも降ろうものならそれがぶよぶよ膨れて溶けて崩れたりしている。バケツの水も、なんだかいつも濁《にご》っている。犬はよく庭を掘り返していて、泥に汚れた顔を突っ込んだりするからだろう。

それだけでも、母は「劣悪な環境ね」と眉《まゆ》をひそめていたのだが、さらに加えて、その時期ならではの大問題があった。

犬がつながれているのは、なぜか庭のど真ん中だった。地面に深く打ち込んだ鉄杭にリードが括《くく》りつけられている。そのリードもごく短くしてあって、炎天下、何も日除けになるものがない。急な雨を遮《さえぎ》るものもない。

「おうちの人は、朝出かけるときには日陰だから大丈夫だと思っているのね」と言っていた母が、夜、父にこっそり、「いくらこの辺りが涼しいっていっても、日本の夏の過酷さを舐《な》めすぎだわ。これからどんどん暑くなるっていうのに、あの人たちにペットを飼う資格はないよ」と憤《いきどお》りをぶつけていたのをぼくは知っている。

ぼくだって腹を立てていた。可愛がれないなら、大事にできないなら、どうして犬を飼ったりするんだろう？　あんなにきれいで優しくておとなしい、いい子を手に入れておきながら。

ぼくにはまったく理解できなかった。

初めて生垣越しに見たとき、犬は長い舌を垂らしてヒイヒイとカスカスの声で鳴いていた。見ると命の綱である水バケツが、ひっくり返っている。犬がぶつかったか、リードが引っかかったかしたのだろう。

このままでは犬が死んでしまうと、ぼくは母と一緒に園芸用の支柱を使ってバケツを起こし、ホースで水をたっぷり入れた。犬はすぐに顔を突っ込むようにして飲んでいたけれど、すぐにまた倒してしまう。そもそも犬の水入れにはバケツは不向きなのだろう。だからぼくは、日に何度もお隣の犬とバケツを確認することになった。やがて犬は自分からギリギリまで近づいてきて、ホースの水を気持ちよさそうに浴びるようになっていた。

――このままでいいはずはない。

「とにかく、君が直接お隣に何か言うんじゃないよ」と、少し厳しい声で父は母に言っていた。

「どんな人かわからないし、万一にも何かされたら大変だから。タイミングを見て、僕が言う。居留守を使ったりもしているみたいだし、勝手に敷地に入ったりするのもトラブルの元だよ」

わかった？　と父は言い、母のしぶしぶみたいな返事が聞こえた。

翌朝早く父が仕事に出た後で、母は困ったようにため息をついた。

「お父さんからすごく念入りに釘を刺されちゃったのよね……だけどお天気は今日も快晴よ。お隣のワンちゃんがどこまで耐えられるかわからない……だから」ぼくの顔をじっと覗き込み、そして言った。「ふたりで、作戦を考えましょう」

ぼくは嬉しくなって、「うん」と答えた。母は悪だくみするみたいに、にやっと笑った。

「まずね、日除けを何とかしなきゃね。名付けて〈ベランダに干してた洗濯物が風で飛ばされちゃったわー作戦〉はどう？」

何だそれと思ったら、母は古いナイロンの上着を持ってきた。

「お父さんのこれ、もう捨てていいって言われていたんだけど、いい日除けになると思わない？　防水だから雨除けにもなるわ」

お隣の木にうまいことひっかけて、小さな屋根にしてしまおうという作戦らしい。

お隣にはうちとの境目近くに一本の木が植えられていた。母によると桜の木だそうだけど、見事に枯れてしまっている。

「木を枯らしてしまうなんてよっぽどよね……これが青々と茂っていたら、いい日陰になってたでしょうにね……去年まではそれで大丈夫だったのかな」なんてつぶやきながら、母は園芸用の支柱で一生懸命上着を枯れ木にひっかけようとしたけれど、なかなかうまくいかない。

「ほんとにベランダから投げ落としちゃおうか」と二階のベランダに行き、えいやと放り投げたら何とか枯れ木に引っかかってくれた。そして庭に戻り、二人で顔を見合わせる。

「……すごくちっちゃい日陰になっちゃったね」

ぼくが気を遣って言わなかったことを、母は不本意そうにつぶやく。

父の古着は枯れ木の上から、洗面器くらいの大きさの影を地面に落としていた。本当に洗濯物みたいにただ引っかかっているだけだから、これは仕方がない。しばらく支柱を使って悪戦苦闘していた母は、やがて何事もなかったようにぼくに向き直った。

「いいことを思いついた。〈庭に干してた傘が風に飛ばされちゃった－作戦〉よ」

母の作戦は基本、すべて風任せということらしい。

「これを使いましょう」と母が得意げに出してきたのは、父の古い傘だった。

「去年の台風で骨が折れちゃったのよ。晴雨《せいう》兼用のいい傘だから、何とか自力で直そうと思ったけどうまくいかなくて。新しい傘はもうあるから、これを作戦に利用するわよ」

それで二人で傘の壊れた部分を針金とテープで不細工に修理し、広げた状態で隣家の庭にえいやと放り投げた。後で回収できるよう、持ち手の部分には紐を結んでおいた。

白い犬はぼくたちの作業を、じっと見守っていた。そして黒い傘で日陰ができると、嬉しそうにそちらへ移動してくれた。

男物の傘はサイズも大きく、午前中のうちはなかなかいい感じだった。けれど日が高くなるにつれ、大型犬はどんどん小さくなる影からはみ出していく。母とぼくは、傘をどうにかして直立させられないか、悪戦苦闘を繰り広げることになった。

その翌日も晴天で、さすがにお隣の犬をずっと見守り続けるのは無理よと、母は早くも音《ね》を上げていた。ぼくだって、どこにも遊びに行けないのは嫌だった。二人で頭を抱えたが、さらに翌日、帰宅した父が言った。

「やっと犬飼さんと話ができたよ。あの犬は下のお子さんが欲しがったから、きちんと世話をする約束で飼い始めたんだって。ただ、今は夏休みで親戚の家に遊びに行っていて、お父さんは一日仕事だし、上のお兄ちゃんもアルバイトがあるしで、ついついつなぎっぱなしになってたそうだよ。迷惑かけてすみません、明日にも下の子を呼び戻すからって言われた。なんだかちょっと申し訳ない気もするね……」

「そうだったの……」と母は父と同じく、困ったように眉を下げた。「お隣、お母さんがいらっしゃらないよね……下のお子さんって、男の子？」

「そう。小三だって」

父はさらに情報を重ねてくる。お隣のお父さんは大柄で怖そうなおじさんだったけれど、父にはずいぶん色々しゃべったみたいだった。

「夏休みに家に誰もいないんじゃ、寂しいわよね……」

「それに子供一人で大型犬の世話は、大変だよな。でもお母さんはまだ無理できないし」

そう言いながら父も母も、何か言いたそうにじっとぼくを見てくる。

ぼくはしばらくあれこれ考えてから、ようやく口を開けた。

「――ぼくがその子と仲良くなって、犬の世話も手伝えばいいんだね」

両親から「よく言った」と頭をわしゃわしゃされた。

即答できなかったのは、それはぼくにとってかなり難度の高いことだったからだ。

誰かと自分から進んで仲良くなろうとしたことはない。友達になっても、どうせすぐに引っ越すんだと思ったし。しかも相手の方が二つも年上だ。はっきりいって気が重かったし、うまくやれるとも思えなかった。

けれどももしそのミッションをやり遂げたなら、きっとぼくはいつでもお隣の犬と触れ合うことができるだろう。それは、あまりにも魅力的だった。

知らない年上男子にこっちから近づく不安が八割、そして憧れの犬と仲良くできるかもしれない期待が八割、収まり切れない心は胸からあふれ出し、その夜はドキドキとわくわくでなかなか眠れなかった。

3

翌日、段々太陽も高くなり、今日の日除けはどうしようと母と話していたら、隣家の門がキィと鳴った。犬飼家には車用の伸縮門扉《もんぴ》の他に、人間用の小さな門がある。どちらも、普段はきちんと閉まっていた。

慌てて庭に飛び出すと、リュックを背負った男の子が後ろ手に門を閉めるのが見えた。そして白い犬はリードをいっぱいに伸ばして、千切れんばかりに尾を振っている。明らかに嬉しそうなその様子で、男の子が犬の正当な飼い主であることがわかり、羨《うらや》ましさで後ろ髪がチリチリ焦げそうになった。

だから生垣越しに男の子と目が合ったとき、とっさに声が出てこなかった。それは相手も同じだったらしくて、ぼくらはしばらく無言で見つめあっていた。

犬だけが、ひたむきに主人だけを見ている。それでまた気持ちが少し、チリッと音を立て、ぼくは声を出すためにまず大きく息を吸った。

「……その犬、ずっと外につなぎっぱなしで、可哀そうだったよ。暑いのに日陰もないし、水もひっくり返しちゃってて、死にそうになってたからぼくが世話をしてたんだ」お母さんと、の部分は敢《あ》えて省き、そして付け加える。「もちろん、勝手に入ったりしてないよ。ここから、この棒でバケツを起こしたり、ホースで水をあげたり、日陰を作ったり。じゃないと本当に死んでしまいそうだったから」

仲良くなるなんて言ってたわりに、全力で相手を責め立てている。

でもまあ、怒っているのはほんとだし、下手《へた》すると犬が死んじゃってたかもしれないのもほんとだし。

そう考えながら一人と一匹を見やったら、相手はこちらに向き直り、背筋をぐっと伸ばした。向こうの方がだいぶ上背があり、しかもまなじりの上がったきつめの顔立ちで、ぼくはたちまち怯《ひる》んでしまった。

「……どうも」

男の子が口の中でもごもご言ったのは、たぶんお礼のつもりなんだろう。短すぎる上に、イヤイヤ言ってるっぽいのが気に障った。

けれどそれきり会話が終わってしまいそうだったから、ぼくもイヤイヤ尋ねた。

「……その犬、何て名前？」

「……シロ」

すごくそのまんまな名前だ。

「……クレヨンしんちゃんちの犬と同じ名前だ」

ぼくなりに会話を弾ませようとそう言ったけれど、返事がなかったので仕方なくまた口を開く。

「おとなしいよね、この子」

それにはすぐ返事があった。

「シロは鳴けないいんだ」

「え、そうなんだ」

人間でも、口がきけない人がいるのは知っていた。犬だって、同じことなんだろう。

「あのさ」とぼくは話を変えた。「うちのお父さんが、子供一人で犬の世話は大変だって言ってた。良かったら、ぼくも手伝おうか？」

男の子のお父さんもお兄ちゃんも、手伝う気はぜんぜんなさそうだし。

相手はちょっと眉をひそめるような顔をしたけれど、少ししてからぼそりと言った。

「……別に、いいけど」

お許しがでたみたいなので、ぼくは大喜びでお隣の庭に突進していった。これはあらかじめ、母からアドバイスを受けていたからだ。『人と仲良くなるには、ときには勇気と勢いも大事よ』と。いつものぼくなら、そんな大胆なことはしなかっただろう。

一応、「触ってもいい？」と尋ねてから、返事を待たずにそっと犬に触れてみた。恐る恐る、背中のあたりを撫でてみる。犬はおとなしくされるままになっていた。ここしばらく水をあげたり日除けを作ってあげたりしていたから、味方だと認識してくれていたのだろう。白い毛並みが掌《てのひら》に心地よい。嬉しさで、ぶるりと震えてしまった……夏なのに。

そしてのんびりしている場合じゃなかったことを思い出す。日は高くなり、気温もぐんぐん上がりつつあった。

「もう暑いし、シロを家の中に上げちゃだめなの？」

そう聞いたら、相手は眉をひそめた。

「家の中で漏らしちゃったから、駄目だって。あと、色々ぐちゃぐちゃにしちゃうから」

ううん、そうか、と思う。テレビだと、大型犬と一緒にソファに座っていたりする光景をよく見るけれど、実際には家の中で飼うのは、難しい家も多いかもしれない。特に家族が協力的じゃない場合は。

それならせめてちゃんとした日除けを作ろうと辺りを見渡すと、垣根越しに声をかけられた。

「いいものがあるよー」

いつのまにそこにいたのか、にこにこ笑った母が立っていた。両手に抱えたすだれをどうだとばかりにこちらに突き出している。それを受け取ると、母は「ちょっと待っててねー、他の道具も持ってくるわ」と家に引っ込み、それからすごく自然な感じで犬飼家の庭にやってきて、なぜか一緒に日除けを作り始めた。それどころか、「ケンちゃん、ちょっとそっち、押さえてて」なんて指示までしている。

ちなみに男の子の名前が犬飼健也《けんや》くんだとわかったのは、もちろん母が尋ねたからだ。ぎこちなかった空気は、母の乱入であっという間に和気あいあいとしたものになっていた。母が人と仲良くなるのに、〈勢い〉はものすごくあるけど、絶対〈勇気〉なんて出していないと思う。

母の意見で、すだれはうちの庭との間にある生垣と、犬飼家にある枯れた桜の木とを支柱にして紐で括りつけることにした。そして水入れ用のバケツも倒さないよう桜の木に固定する。つなぐ場所も鉄の杭から桜の木に変えた。ここなら通り道でフンをすることもないだろうし。

シロは嬉しげにすだれの下に入り、きれいな水を飲んでから、ごろんと寝そべった。嬉しくなってケンちゃんを見ると、彼もほっとしたように笑っていた。

「これで少しはマシになったけど」なんだか厳しい声で、母が言った。「五月くらいでも熱中症になったりするんだから、いくらこのあたりが涼しいっていっても油断しちゃ駄目よ。自分で暑いなって思う日や、雨の日は家の中に入れてあげてね」

「でも、お父さんが駄目だって……家の中でウンチとかオシッコとかしちゃうから」

「それはしつけができていないからよ。図書館で犬のしつけの本を借りてきたらいいわ。係の人に、大型犬のしつけがわかりやすく書いてある本って聞いたら探してくれるから。午後に行って来たらいいわ、二人で」

にっこり笑って決定事項みたいに母は言う。そしてぼくらの返事も待たずに続けた。

「それでケンちゃん、お昼ご飯はあるの？」

「……あ、お母さんが買ってくれたから」

その言葉に、あれ、ケンちゃんは親戚の家に行っていたんだよなと首を傾げる。どうやらお母さんも一緒だったらしい。

それはともかく、ケンちゃんはぼくに対してはなんだかむっとしたような、機嫌の悪いムクイヌみたいな顔をしているくせに、ぼくの母が何か尋ねると、ちょっともじもじしつつも、すごく素直でいい子みたいな受け答えをする。どうにも面白くなかった。

4

一度家に戻って昼食を食べてから、ケンちゃんと待ち合わせをした。約束をしたときに、ついでにシロの散歩をしようと提案したら、飼い主を差し置いて母に止められた。

「駄目よ、夏場は道が熱くなってててワンちゃんには辛いから、朝か夕方に散歩をするの。夜にお散歩している人もいるくらいよ。夜道は危ないから、光る首輪をつけたりしてね」

へえ、そうなんだと思ったら、傍《かたわ》らでケンちゃんも初めて聞いたみたいな顔をしていた。

最初から気づいてはいたけれど、この家の人はもちろん、ケンちゃん自身も犬の飼い方を全然わかっていない……犬飼さんなのに。テレビに犬が出てくるたびに真剣に見たり、犬の絵本や図鑑を読み込んでいたりしたぼくの方がよっぽどマシなレベルだ。

だから母の、犬の飼い方の本を借りてこいという指示は、この上なく的確だったのだろう。

ぼくはこの町の図書館の貸し出しカードを既に持っていた。引っ越して落ち着いたらすぐに手に入れるのが、我が家の習慣だった。だから今まで住んだ町のカードが何枚もたまっている。

母が「いい思い出になるわ」と言って、家族全員分を大切に保管しているのだ。

ケンちゃんは図書館に行ったことがないというので、母が貸し出しカードの作り方を丁寧《ていねい》に説明してあげた。

「身分証明に保険証を持って行って、もし落としちゃったら大変だから、郵便物の方がいいわ。ケンちゃん宛の手紙かハガキがあったら見せてくれる？」

母の言葉にケンちゃんが走って取ってきた。母はしげしげと吟味《ぎんみ》するように数枚の郵便物を見て、「これなら大丈夫」と一通を選び出す。「これ、お母さんからのお手紙？」

母の問いに、ケンちゃんはこくりとうなずいた。

「それなら保険証と同じくらい大切ね。落としたりしたら大変よ。気を付けてね」

「うん」

ケンちゃんと母の会話を聞きながら、ぼくもなんとなく理解していた。ケンちゃんのお母さんはここにはいない。ここことは別のところに住んでいて、夏休みに入って、ケンちゃんはお母さんに会いに行っていた。

そしてきっと……今回のシロのことで、呼び戻されてしまった。

昼間、シロの面倒を見る人が誰もいないから。しつけも全然できてなくて、だから家の中に入れておくこともできなくて……。だからケンちゃんを呼び戻すしかなくて。

なんとなく事情はわかってきて、ぼくの心の中はざわざわもやもやしていた。

図書館に行き、ケンちゃんの貸し出しカードも無事に作れて、ぼくらは二人で貸し出し限度いっぱいまで本を借りて帰った。カラー写真が載っていたり、イラストでわかりやすく説明してくれる大判の本ばかり選んだからすごく重たかった。

家に帰りついたら母が待ち構えていて、ぼくの家の縁側で麦茶とおやつをケンちゃんと食べた。シロも脚を拭いて縁側に上げてもらい、気持ちよさそうにべたりと腹ばいになっていた。ケンちゃんも嬉しそうにニヤッと笑った。

みんなで手分けして、犬の正しい飼い方やしつけについて本で調べた。ぼくが読んだ犬の絵本だけでも、全然知らなかったことが多かった。母が「特に急ぎだったり大事だったりすることは、みんなで紙に書きだしましょう」と紙と鉛筆を配った。ぼくはまだ上手に文字が書けないけれど、学校でやらされた書き取りよりも熱心に取り組んだ。

お座りとお手は一応できていたので、とりあえず基本的なアイコンタクトとスキンシップ、それからトイレと食事のしつけを頑張ることになった。それさえできれば家の中に入れてもらいやすくなる。

だけどシロはなかなか思うようには動いてくれなかった。トイレなんかは、まずどこでさせるかという問題もある。ケンちゃんが言うには、散歩中にもトイレはするけれど、庭でも好きなところでしていて、帰宅したお父さんがそれを踏んでしまったことで、リードを短くされてしまったということだった。

「ちゃんと言い聞かせているのに、全然言うことを聞いてくれないんだ……やっぱり、仔犬のときからちゃんとしつけないと駄目なのかな……」

まだ始めたばかりだというのに、ケンちゃんは早くもうなだれている。

「あら、この子がいくつくらいのときから飼っているの？　いつから？」

母の質問に、ケンちゃんは考え考えゆっくり答えた。

「こいつ、おじいちゃんが山で拾ったんだ。弱ってたから動物病院に連れて行ったら、たぶん生後六ヵ月くらいだろうって。それと……吠えないように手術されてるって」

「え、なんでそんなひどいことするの？　誰がそんなことしたの？」

あまりにびっくりして思わず大声が出た。シロがその声に驚き、頭を持ち上げる。

「別荘のやつらだって、おじいちゃんが言ってた。山にペットを捨てていくやつがいるんだよ」

「そういえば、市役所にポスターが貼ってあったわね。野犬に注意って」

「山に捨てるって、なんで？　手術ってなんで？　なんでそんなことするの？」

あまりの衝撃に、ぼくはひたすら「なんで？」を繰り返していた。

そのとき、シロの耳がぴくりと動き、さっと立ち上がった。

「あ、うちに電話がかかってる」

ケンちゃんも慌てて運動靴をつっかけた。

「きっとお母さんだ……無事についたって電話するの忘れてた」

「あら、それは大変、きっと心配されているわ」という母の声を背中に、ケンちゃんは大急ぎで家に戻っていった。もちろん、シロをつれて。

少しではあったけれどシロを撫でさせてもらったり、寝転ぶシロを見守ったり、夢のような時間だった。

「……シロの散歩、誘ってくれるかな？」

「こっちから、一緒に行っていい？　って聞けばいいのよ」

母の意見はやっぱり強気で、すごく気軽にそんなことを言う。子供用プールや滑り台を前に、びびって立ちすくむぼくの背中を、そっと押してくるときみたいに。

「……ケンちゃんはさ、なんでお母さんと別々に住んでいるんだろう？」

母は少し困ったように首を傾げた。

「犬に色んな種類がいるみたいに、家族だって色々よ。うちだって、別のところで私たち二人、お父さんを待つって道もあったのよ。でも私は、三人でいたいと思ったから」

「……そっか」とつぶやいてから、〈もしも〉のことを考える。もしもそうしていたら、ぼくは友達を作る暇《いとま》もなく転校しなくてすんで、そして犬だって飼えていたのだろうか、と。

その考えは父にも母にも悪い気がして、口に出しては言えなかったけど。


楽しみにしていたシロとの散歩だったけど、結局その日は行くことができなかった。急にケンちゃんのお父さんが帰ってきて、いきなり庭先で怒鳴りだしたのだ。怒られているのはケンちゃんで、うつむいたまままずっと固まっている。あんな風に子供を怒鳴る男の人を見たのは初めてで、ぼくも固まっていると、母が「奥に行ってなさい」と言って一人出て行った。垣根越しに何か話していたみたいだったけれど、すぐに母は帰ってきて「もう大丈夫よ」と頭を撫でてくれた。

その夜は布団に入ってもあの怒鳴り声が聞こえてくるようで、なかなか寝られなかった。少しウトウトしかけたとき、玄関のドアが開く音がした。父と母の声がする。せっかく起きているんだから父と話をしたくて、そうっと階段を下りて行った。

夜遅くまで起きていると、叱《しか》られるかもしれない。階段の一番下で様子をうかがっていると、プシュッと缶を開ける音がした。父のビールだろう。カチャカチャと、食器を並べる音も聞こえる。

「あのね」父に夕食を出しているらしい母の、ひそひそ声が聞こえた。

「お隣の犬飼さんちのことなんだけど——あの桜の下には、死体が埋まっているんじゃないかしら」

ぶっと吹き出すような音がした。

「いきなりどうしたの？」

父はちょっとむせたみたいだ。

「今日ね、あの子がお隣の下の子と仲良くなって、正しい犬の飼い方を勉強させるために二人を図書館に行かせたりしたのよ」

「それはよかったね」

「みんなで日除けも作ったのよ。余ってたすだれを生垣と桜の木に固定して……他にいい場所がなかったのよね、紐だけで簡単に設置できるところ。あちらは角地で、道路側は柵になってるし、庭木はあの枯れた桜しかないし、家の横手は物が積んであって危ないし……で、シロをつなぐ場所も桜の木に変えたのよ。今までの所だとリードを延ばしても届かないから。シロもケンちゃんも喜んでて」

「それはいいことをしたね」

「でもね、いつもより早めに帰ってきたお父さんが、いきなりものすごい勢いで怒鳴りだして。どうもつなぐ場所を変えたことでケンちゃんを叱っていたみたいなんだけど、あれはもう叱るなんてもんじゃなくて、ケンちゃんもすっかり萎縮《いしゅく》しちゃってたから私が出て行って説明したのよ。さすがに私相手に怒鳴ったりはしなかったけど、勝手なことをしないでくださいって言われちゃったわ」

「だから、君が直接あの家と話をするんじゃないって言ったのに」

「平気よ、生垣越しだったから。だけどおかしいでしょ？　どうして飼い犬をつなぐ場所ごときでそんなに逆上しなきゃならないの？　前に通路でフンをされて怒っていたそうだけど、あの位置ならそんな心配もないのよ？　それで……気づいちゃったのよ」

「気づいちゃったのか……」

「ほら、犬って地面を掘り返しちゃったりするでしょう？　ここ掘れワンワンって。桜の木の下に、掘り返されると困るモノが埋まっているとしたらどう？　そもそも桜の木はどうして枯れたのかしら？　木を枯らすなんてよっぽどよ？　だからひょっとして、木の根元に深い穴を掘ったときに、邪魔な根っこをたくさん切ってしまったのかなって思ったの」

「……なるほど」

「ケンちゃんによるとね、シロはもともとおじいちゃんが山で拾ってきた犬なんですって。でもなぜか今はケンちゃんの犬になってて、おじいちゃんの姿が見当たらないのよ。たとえ寝たきりになってたとしても、介護サービスやら何やら、絶対に人の出入りはあるはずよ。なのにそういう気配も全然ない、誰かがお世話をしている様子もない……つまり整理するとね、たかが犬をつなぐ場所ごときであんなにも血相を変えたのは、その鋭い嗅覚《きゅうかく》を恐れたから。掘り返されたら困るものが桜の木の下に埋まっているから。私の推理ではこうよ。原因はわからないけど、おじいちゃんが亡くなって、その息子は父親の死を隠したかった。よくある動機としては、年金収入がなくなると困る、とかよね。事件ならなおさら公《おおやけ》にできないし。それで、ご遺体を隠すことにした。つまり……。

——あの桜の木の下には、おじいちゃんが埋まっている！」

「……相変わらず君の空想力は、いとも容易《たやす》く成層圏《せいそうけん》を突破していくね」

なんだかため息をつくように父が言っているのが聞こえたけれど、それどころじゃなかった。とんでもないことを聞いてしまった。両親の会話のすべてを理解したわけじゃないけど、それでも肝心な部分はわかってしまった。

「わかってるとは思うけど、そういう話を子供たち相手にするんじゃないぞ」と父が言い、「もちろん、わかってるわよ」と母が明るく答えたけれど、もう手遅れだ。ぼくはもう秘密を知ってしまった。

盗み聞きがばれないように、そっと自分の部屋に戻った。

——隣の家には、枯れた桜の木の下には、とんでもない秘密が隠されている。

胸がドキドキして、さっきよりもっと眠れなくなって困った。

5

次の日、朝ご飯を食べているとケンちゃんがシロを連れてやってきた。小さい声で「散歩行くぞ」と言う。こっちが誘う前に、向こうから誘ってくれた、と大喜びで残った食べ物をぜんぶ口の中に詰め込み、牛乳で流し込んだ。真っすぐ玄関に向かおうとするぼくの襟首《えりくび》をつかみ、母が「歯磨き」と鋭く告げる。

それまでの人生で一番のスピードで身支度《みじたく》を整え、友達と犬のいる庭に飛び出した。

庭の外に出たシロは、待ちきれないみたいにどんどん早足に歩いて行く。ぴんと張ったリードを摑み、ケンちゃんは少し大変そうだ。

「ちょっとだけリード持っていい？」

我慢できなくて、早々とお願いしてみる。ケンちゃんは歩きながら、「うーん、こいつ、力強いから……」と言い、リードを一緒に持つようにしてくれた。ぼくがリードの端を、ケンちゃんがその手前をしっかり握る。確かに、ぐいぐいと引っ張る力は本当に強い。

「逃げられたら大変だから。どんどん行こうとするから、いつも力いっぱい引っ張って帰ってくるんだ」

フォローなのか、ケンちゃんはそんな言葉を重ねてくる。確かにケンちゃんでも大変そうで、常に小走りな感じだ。ぼくなんて下手すると転んでしまうかもしれない。

「今のこれは、駄目なんだよね？」

昨日読んだ本では、散歩のときに犬を先頭にして好きに走らせてはいけないと書いてあった。群れの中で、犬が自分こそがリーダーだと思ってしまっている証拠だと。

「……シロは、まだオレのことを飼い主だって認めてないんだよ。おじいちゃんが散歩させてたときには、ちゃんとおじいちゃんに合わせてゆっくり歩いてたし。おじいちゃん、吠えないんじゃ番犬にもならんってぶつぶつ言ってたけど、でもシロはちゃんと言うこと聞いていたんだと思う」

「……本には、犬はもともと子供が苦手だって書いてあったし」

子供はすぐに乱暴に触ってくるし、いきなり甲高《かんだか》い声を上げたりするから。

黙ったままうなずいたケンちゃんに、思い切って尋ねた。

「……おじいちゃん、今、家にいるの？」

ケンちゃんは首を横に振った。

「今はいない。シセツ？　に行ったたってお父さんが言ってた」

もちろん、家になんているはずがない。そしてこの言い方だと、ケンちゃんはおじいちゃんが本当はどこにいるのか、知らない。

歩くうちに住宅地を外れ、道の両側は木と茂みばかりになってきた。そしてだんだん上り坂が険しくなってくる。途中、分かれ道があった。

「こっちをずっと行くと別荘地なんだ。シロが捨てられていたとこ」気を許したのか、ケンちゃんはだいぶ話をしてくれるようになっていた。「……次々に飼い主が変わったから、シロもオレの言うことを聞いてくれないんだろうな。そりゃそうだよな。オレがシロでも、納得いかねーもん」

苦い顔でケンちゃんは笑う。

「でも、うらやましいよ」思わず大きな声が出た。「ぼくも犬を飼いたい。ずっと犬が欲しいって言ってきたけど、でも駄目だって」

「そっか……」

つぶやいたきり、ケンちゃんはしばらく黙って歩いていた。その間も、シロはリードをいっぱいに張らせながら、ポイントポイントの匂いを熱心に嗅ぎ、オシッコをしたりしなかったりしている。一度ウンチもしたのにケンちゃんがそのまま行き過ぎたから、「片づけなくていいの？」と聞いたら、気まずそうな顔で「土の上だし……」ともごもご言った。

「でも、ほんとは持って帰らなきゃ駄目だよね？」と言ったら、そうだね、と小さい声で返された。

そのままずっと、ケンちゃんは黙りこくっている。年下から注意みたいなことを言われて気を悪くしてしまったのかと心配になった頃、ふいにケンちゃんが言った。

「……オレも、ずっと犬が欲しかったんだ。お父さんもお母さんも働いてたし、兄ちゃんは年が離れてて相手してくれないし……友達もいないし。だから犬が欲しくて、誕生日とかのたびにそう言ってて、でも駄目だって言われて……」

ぼくもそうだったよ、とか、ぼくだって友達いないよ、とか、そんなようなことを言おうと考えていると、ふいにケンちゃんがきしんだような奇声を上げてびくりとする。まったく同じタイミングでシロの耳がぴくりと動き、何事かというように振り返った。

ケンちゃんの顔は、とても苦しげに歪《ゆが》んでいた。

「――お父さんが言ったんだ。『ママはもう一緒に住みたくないんだってさ。おまえはパパとママ、どっちと住みたい？　オレと一緒に来たら、犬が飼えるぞ』って」

「えっ」

思わずすっとんきょうな声を上げていた。その後どう続けるつもりだったのか、今となっては自分でもわからない。たぶん、「なにそれ」とか「なんでそんなこと」とか、およそ意味のないセリフだっただろう。

どのみち、直後に起こった出来事で、それまでの会話はかき消されてしまった。

突然、道路わきの藪《やぶ》から、真っ黒い生き物が躍《おど》り出てきたのだ。

え、熊？　いや違う、狼？　いや……。

目の前に現れたのは、一匹の黒い犬だった。とっさに猛獣と間違えたくらい、大きくて強そうだ。

後からさらに数匹の犬が現れ、一斉に威嚇《いかく》するように吠えられた。どの犬も痩《や》せて毛並みは薄汚れ、ひどくすさんだ目をしている。一目見て群れのリーダーだとわかる黒犬は、吠えてはいなかったけれど歯をむき出しにして、こちらに敵意を向けていた。

母が言っていた野犬の群れに違いなかった。

シロは怯んだように尻尾を丸め、カスカスした鳴き声を上げながらこちらへ戻ってきた。同時にぼくらもじりじりと後退する。

「テレビで言ってた。危険な野生動物と会ったときには、背中を見せて逃げちゃ駄目だって。相手の方を見ながら、ゆっくり後ろに下がるんだ」

ケンちゃんの言葉に、ぼくもうなずく。確かに熊か何かでそういう話を聞いたことがある。たぶん野犬も似たようなものだろう。

ぼくらは黒犬の方を見つつ、じりじりと来た道を戻った。幸い、向こうから近づいてくる様子はない。怯《おび》えてはいるけれど、シロだって大型犬だ。もし子供二人だけだったら、ひょっとしたら危なかったかもしれない。

ある程度距離が開いたら、野犬の群れはこちらに興味を失ったように反対側の藪に入って行った。ケンちゃんとぼくは同時に大きく息をつき、そして今度こそ踵《きびす》を返して全速力で駆けだした――母の待つ安全な家に向かって。

6

思った以上におおごとになってしまった。

逃げ帰ったぼくらが、庭先で口々に「犬がいっぱいいた」「熊みたいだった」「こっち見てた」などと大騒ぎして母に報告し、同時にシロもカスカス声で吠えたてたせいだ。何事かと出てきたご近所さんや、通りかかった人たちが、そりゃ大変だ、役所だ、警察だ、保健所だと言い出して、いつの間にか野犬の群れに子供が襲われかけたみたいな話になって、色々な所に通報されてしまった。

元々野犬については問題になっていたので、動きも早かった。作業服を着たおじさんたちが車で山に入っていき、あちこちに捕獲用の罠《わな》を仕掛けたそうだ。数日後、雄の小型犬が捕獲され、それから立て続けに二匹が捕まったけれど、どちらもあの黒犬ではなかったそうだ。偶然なのかどうか、解除されてしまった罠もあったという。

「まるで『狼王ロボ』みたいに賢い犬なのかもね」

むしろ褒《ほ》めるみたいに母は言っていた。

その本は、母に読んでもらったことがある。すっかり狼の方に感情移入してしまって、最後は人間の汚さに憤慨《ふんがい》したものだ。ロボが強く賢くて捕まえられないからと、ロボの大切な雌狼のブランカをおとりみたいに使うなんて。

『ひどい』とか『なんで？』とか連呼して、人間側に怒りをぶつけたことをよく覚えている。

それでふと、最近同じような気持ちになったなと思い出す。ケンちゃんのお父さんの言葉について聞いたときだ。

『オレと一緒に来たら、犬が飼えるぞ』だって。

野犬騒動ですっかり忘れていたあの話を、さっそく母に言いつけてやると、母はすごく悲しそうな顔をした。

「ケンちゃんのお父さんはワルモノだ」

はっきり言ってやったら、「お隣さんの悪口を言うんじゃありません」とたしなめられた。

母はぼくが秘密を知ってしまったことを知らない。だから口ではそんなふうに言うけれど、心の奥ではきっと同じように思っているに決まっている。

母はそれ以上ケンちゃんのお父さんについては何も触れず、「またケンちゃんがお母さんに会いに行くときには、シロを預かってあげればいいわね」とだけ言った。

野犬はその後も捕まらず、夏休みは過ぎていった。シロの引っ張り癖はなかなか直らず、すぐに山道の方に行きたがるのを抑えるのにケンちゃんとぼくは苦労しっぱなしだった。一方でトイレのしつけはかなりうまくいって、ケンちゃんしかいないときに、シロを家の中に入れても粗相《そそう》をしなくなった。毛が散らばったりしたらバレるから、今のところ玄関先だけだけど。これなら大雨や台風のとき、玄関に入れておくのを許してもらえるかもしれない。今じゃ、暑い昼間も家に入れてもらっていて、母とぼくはほっとしていた。

そうやってケンちゃんとシロが自宅に引っ込んでいるとき、ぼくの家に変な人がやってきた。二階の自分の部屋の窓からなんとなく外を見ていたら、つばひろの帽子をかぶったおばあちゃんが門を開けて入ってきた。杖を使っているのに、やたらとちゃきちゃきした動きだ。誰だろうと見ていたら、いきなり庭に植えられた野菜の収穫を始めた。

「お母さん、野菜ドロボーだ」

慌てて下に降りていき、母に訴えた。母もさすがに驚いたみたいで、「あらまあ」とぽかんとおばあちゃんを見つめている。駄目だ、母は頼りにならないから男のぼくががんばらないと、縁側に出て行って「ドロボー」と叫んだ。

実際には「ドロ」までで後ろから母の手が伸びてきて、口をふさがれた。

「あの、どちらさまですか?」

母の声掛けに、あん? とおばあちゃんは振り返り、前に出ているぼくを鋭くにらんだ。

「今、泥棒って言った?」

小柄なおばあちゃんなのに、ものすごい迫力だ。勇ましい気持ちはあっという間に消えて、ぼくは慌てて首を横に振った。言ってない、「ドロ」までしか。

「あたしはここの家の大家だよ。野菜だってあたしが植えたもんだ。収穫しにきて何が悪い」

「そうだったんですね。それはご挨拶遅れてすみません。素敵なおうちで、とても快適に住まわせてもらっています」

母が愛想良く言うと、つられたようにおばあちゃんも顔の皺《しわ》をくしゃっとさせて笑った。

「そうでしょう、なんたって、手入れがいいからね」と自慢気に言ってから、少しだけ気まずそうな顔をした。「野菜の世話をちゃんとしてくれててありがとねー。家で食べる分だけ、持って行くねー」

「もちろんです、食べきれないくらいですし。あ、良かったら冷たいお茶でもいかがですか？今日も暑いですし、一休みされては？」

「そうかい、じゃ、上がらせてもらうよ」

とった野菜を手提《てさ》げ袋に入れると、おばあちゃんはよっこいしょと縁側に腰かけた。それからおばあちゃんは、麦茶を一気に飲み干してお代わりを要求したり、母が出したクッキーをつまんだり、手洗いに行ったりと忙しい。そのうちやっと落ち着いたのか、縁側でぼんやりと隣の庭を眺めながら言った。

「……まったく枯れ木をいつまでもそのままにして、みっともないったらないね」

母がわかりやすく身を乗り出した。

「あの木ってどうして」

「昔はね、借景でお花見もできたし、良かったんだけどねえ……」母の言葉は、あっさりおばあちゃんの昔語りでぶった切られた。「亡くなった奥さんとはあたしも仲が良かったのさ。働き者で、いい人だったよ。ところが爺さん独り残されてからはどうもいけない。男やもめに何とやら、湧いたのは蛆虫《うじむし》じゃなくって、毛虫だったよ」

「毛虫……」

思わず吐き出すような声が出る。毛虫とかゲジゲジとか、ああいうもぞもぞしたヤツはどうにも苦手だった。

もちろんおばあちゃんはぼくのつぶやきなんて気にも留めない。

「桜ってのは花はきれいだけど、手入れが大変でね。葉っぱが美味《おい》しいらしくてさあ、ほっとくと毛虫が大量に湧くんだよ。そりゃもう、木にびっしりとね」

「桜餅《さくらもち》、美味しいですものねえ……」

母がのどかな合いの手を入れる。

「よくまあこの話から食べ物を思い浮かべるね」

さすがのおばあちゃんも苦笑いするように言う。ぼくとおばあちゃんの気持ちが初めてぴったり重なった。

「見た目もおっそろしく気色悪いけどさあ、毛虫はしゃれにならないんだよ、ほんとに。ある日赤いぶつぶつがあちこちにできて、それがもう痒《かゆ》いのなんの。悪い伝染病にでも罹《かか》ったかと真っ青になったね。大慌てで病院に行ったら、原因は隣の桜だったのよー。毛虫の中でも、ドクガってのの幼虫が最悪なの。医者が言うには、びっしり生えてる細かい毛は毒針でさあ、一匹で百万本以上っていうからたまげたもんさね。で、この細かい針にうっかり触ると刺さって抜けなくなるんだわ。それでまた、たちの悪いことにさあ、この針は折れやすくて風に乗って飛んだりするわけ。だから毛虫に触った覚えがなくたって、知らないうちに肌に付いたり、洗濯物に付いたりね。この洗濯物がまあやっかいで、最初は気が付かないでタオルを使ったり肌着を着たりするだろう？　それでまあ全身えらいことだよ。これまで生きててあんなに辛いことはなかったよ、本当に。痒いやら痛いやらで夜も寝られなかったよー。しかもさ、いちど毒針が繊維に入り込んじゃうと、洗ったくらいじゃなかなか落ちないんだよ。それでまた、やられる、ときたもんだ。

これで元凶の隣に怒鳴りこまない人間なんて、いるわけないだろう？」

聞いているだけで、体中がむず痒くなってしまうような話だった。

母とぼくは大きくうなずき、おばあちゃんは満足したように先を続けた。

「そしたらあのジジイ、人の顔を見るなり『うわ、なんだそのあばた面《づら》は、移るから寄るな』なんて抜かしてね。あれは庭仕事なんてしないし、洗濯物も二階のベランダに干してたから、元凶のくせに被害がなかったんだよ、腹立たしい。それでこっちも頭にきて言ってやったさ。おまえんとこの桜に毒虫が大量発生したせいじゃないか、奥さんが生きてた頃はちゃんと防虫の薬を撒いてたのに、あんたがほったらかしにしているからこのザマなんだよ、とっとと対策しやがれ、あと慰謝料よこせってね」

おばあちゃんはふうと息をつき、麦茶を飲んだ。

「そしたらまあ、言うに事欠いて、虫なんざよそから勝手にやってくるんだから、わしゃ知らん、だよ？　女から責められるとたんに逆切れかます男のまあ多いこと。もちろんそれからも文句は言いまくったよ。そしたらあのクソジジイ、除草剤を桜の根元にぶちまけたんだよ！　これで文句ないだろがーってさ。やることが極端な上に明後日《あさって》でさ、もう呆れちまったよ。以来、隣とはずっとこれさ」おばあちゃんは左右の人差し指でバッテンを作った。「おととしだったか、いきなり犬を飼いだしてさ。それでまたもやドンパチあって。クソジジイが施設に行ってからも」

「え、お隣のおじい様、施設に行かれたんですか？」

母がすっとんきょうな声を上げた。ぼくも後ろであんぐり口を開けていた。

——埋まってなかった！　おじいちゃん、埋まってなかったよ、お母さん！　桜が枯れたのも、おじいちゃんが何かしたせいみたいだし。

ちらりと母を見ると、何事もなかったみたいなすました顔をしている。

それまで親の言うことは百パーセント正しいと信じ切って、なんでも鵜呑《うの》みにしていたぼくは、初めて〈疑う〉ということを覚えたのだった。

「それで、お隣のおじい様が施設に入られた後も、何かトラブルがあったんですか？」

気を取り直したらしい母が、また身を乗り出して尋ねた。

「クソジジイが犬を飼いだしたすぐ後でさ、体調崩して入院したんだよ。まあすぐに退院したんだけどね、やっぱりそれまでと同じってわけにはいかなくて」クッキーをまるであられみたいにぽりぽりかじりながら、おばあちゃんは言った。「それで息子一家がよくやってくるようになったのよ。父親の介護にってことなんだけど、この息子がまた、悪いとこだけ父親似でさあ、来るなりさっさと子供らと犬だけ連れて出かけちゃうんだよ。嫁さんにさあ、愚痴《ぐち》られたもんさ。『あの人ったら私に全部押し付けて、子供と遊びに行っちゃった』ってね。嫁さんはこっちはまるきり不案内だから、店の場所やら教えてやったりね。それで夕方になって子供と犬だけ帰ってきてさあ、その父親ときたら、夜中に酔っぱらって帰ってきて。玄関先で嫁さんと口論してるのが丸聞こえだったよ。なんでも地元の友達と呑んでたんだと。もう呆れたもんさね。面倒なことはぜーんぶ嫁に丸投げさあ。そのうち息子一家が越してきたんだけど、案の定というかさあ、そこに嫁さんの姿はなかったってわけ」

「おじい様は施設に入られたんですよね？」

そうっとではあるけれど、しつこく母は確認し、おばあちゃんは大きくうなずいた。

「いつの間にか顔を見なくなってね、ヨソで聞いたらそういう話だったよ。結局介護は嫁に押し付ける気満々で、自分で看《み》る気はカケラもなかったたってわけだよね。だったら何だって実家に帰ってきたんだか。そんなやつが庭の手入れなんてするわけなくて、雑草だらけでこっちに種は飛ぶわ蚊《か》は増えるわで、こっちも文句の言いどおしで疲れるったらなかったよ。それに対して除草剤をぶちまけたのも親と一緒だったね。また飼い犬がしょうもなくてねー、そこの生垣に顔を突っ込んでガサガサやって穴を空けようとするんだよ。こっちがせっせと草抜きをしてたらさあ、すぐ横に犬の顔があるんだよ、何度腰を抜かしたか。あたしゃ犬が苦手なんだよ、まったく。おまけに垣根の根元で用を足しまくるわ、体をこすりつけて木を傷《いた》めるわ、もうやりたい放題でさあ。この生垣はうちのなんだよ、それをまあ……。ほとほとこっちも怒鳴りこむのが嫌になってねえ……それで子供らの近くに住むことにしたんだよ」

「そうだったんですか……」

ぼくは生垣の隙間からシロが顔をひょっこり出しているところを想像して、笑いそうになっていた。母はと言えば、ちゃんと眉を寄せて同情した顔で、さすがだった。

ひとしきり話して上機嫌になったおばあちゃんは、「いいもの分けてあげるよ」と袋からごそごそなにかとりだした。

「ヤマモモだよ」

「あら、嬉しい。一度食べてみたかったの」と母は笑顔で言った。

「今日はさー、家を見るついでに色々山菜をとりたかったのに、ヤマモモとってたら役所のやつらに止められてさー。野犬がいるから危ないって」

途中で止められたわりには、なかなかの収穫量だった。

おばあちゃんが帰った後、母ともらったヤマモモを洗って一つずつ食べてみた。ぼくの顔を見て母は笑い「すっぱいね。これは後でお砂糖で煮ましょう」と言った。

7

家主のおばあちゃんのお蔭で、ぼくはお隣の枯れ桜やお父さんの姿を見てどきどきしなくてすむようになった。そのお蔭かどうか、シロをはさんでケンちゃんとはずいぶん仲良くなれたと思う。

九月になって、学校に通うことになった。いつもと違って、既に友達がいるというのは心強かった。学年は違ったけれど、朝、一緒に登校しているのを見て、「お兄さん?」と聞かれ「友達」と答えたら、なんとなく一目置かれるようになった。

放課後は二人でシロを散歩に連れていく。引っ張り癖は相変わらずで、何としても山の方へ行きたがるシロと、綱引きみたいになることもよくあった。

「……元々の主人がいた、別荘の方に行きたいのかもしれないな」

ケンちゃんの言葉に、すごく納得した。本を見ながらのしつけの甲斐《かい》あって、ずいぶんケンちゃんの命令に従うようになってきたのだ。なのに散歩となると、とたんに全力で逆らってくる。つまりそれは、ぼくらが行かせないようにしている方向……山に行きたいのだ。

「自分のこと捨てた飼い主のことなんて、早く忘れちゃえばいいのにね」

シロの声を奪ったのも、その飼い主のはずだ。サイテーでサイアクの飼い主だ……そう思った。

てっきり強く同意してくれると思ったけれど、ケンちゃんは何も言わなかった。ぼくも一緒に持たせてもらっているリードが、ぐいっと引っ張られる。シロがどうしてわかってくれないんだと言いたげにこっちを見上げている。すごく不満そうだ。

「いっそさ」返事がないので、ぼくはさらに続けた。「シロがしたいようにさせてやらない？夏休みも終わったし、きっと別荘には誰もいないよね？　行って、誰もいなければ、諦めるんじゃないかな？」

思い付きで言ってみたけれど、なかなかいいアイデアじゃないだろうか。

今は別に山に行くのを禁止されているわけじゃない。元々、「野良犬が群れているのが怖い」という通報はいくつかあったらしいけれど、実際に誰かがかまれたとか、家畜が襲われたとかいう事実はないのだ。ぼくらが目撃したときには子供が危険な目に遭ったということになって、だいぶ大げさなことになってしまったけれど、その後犬たちを見た人はいない。おそらく残るはあと一匹か二匹なのだろうし、役所の人たちも、そうそういつまでも犬にかまってはいられない。そして町の人たちは、大家のおばあちゃんのように、平気で山で山菜を採ったりするようになっている。そもそも別荘族からも何の目撃報告もないのだ。

残った犬がもっと山奥に移動したのなら、それはそれで解決と言えるんじゃないか……という空気が既にあった。実際ぼくも、両親から「危ないから山には行っちゃ駄目」とは言われなくなっていた。

ぼくの提案に、ケンちゃんは少しだけ目を見開き、それからうっすらと笑った。

「そうだね、そうするか」

そうしてぼくたちは、しつけの本ではやってはいけないとされる、〈犬が先に立ち、好きに歩かせる〉ことをシロに許したのだった。

シロには確かに明確な目的地があるらしかった。確かな足取りで山道を登り、別荘地へと続く道をたどった。

夏が終わりかけ、といって秋は始まってもいない中途半端な時期、別荘地は死んだように静まり返っていた。

ひと際立派な建物の近くで、シロはふと歩みを止める。

建物の陰から出てきたのは、あの立派な黒犬だった。他に犬の姿はない。

黒犬が吠える。決して威嚇ではなく、まるでおーいと友に呼びかけるように。対してシロの声は相変わらずカスカスで、その表情もわからない。けれど、ふさふさの尻尾は千切れんばかりに振られていた。

「……帰ろう」

ふいにケンちゃんが強い口調で言い、リードを力任せに引っ張った。シロは抵抗するように踏ん張ったけれど、ケンちゃんに言われてぼくも手伝い、やがて力比べはぼくらの勝ちとなった。シロは諦めたように歩き出したけれど、時々振り返っては、不満そうな声を立てている。その視線の先には、段々小さくなっていく黒い犬の姿があった。


夕食の席でその日あったことを話すと、両親からは子供だけで山に行ったことを少し叱られた。それから、父が言った。

「別荘の管理をしている人から話を聞いたんだけど、犬を捨てているのはどうやら同じ人間らしくてね、『犬が逃げたからよろしく』と餌代だけ置いて行ったりするそうだ。『前の犬は無駄吠えがひどくて近所からクレームがきちゃったから、今度のは最初から手術しといたんだけど、正直微妙だった』なんてことも言ってたらしいよ……笑いながら」

「それって町の方から正式に抗議できないの？　あんまりじゃない、犬が可哀そうだわ」

憤然と母が言う。答える父も明らかに怒っていた。

「それが、かなり偉い人らしくてね、町長も何も言えないらしい。それにあくまで過失で逃げたってことになってるしね」

両親の話を聞きながら、ぼくも大いに腹を立てていた。そしてひとつ気づいたことがあった。

あの黒犬とシロは、その最悪な飼い主の元で一緒に過ごした時期があったんじゃないか？

最初に野犬の群れに会ったとき、シロは怯えていた。だけどもしかしたらそれは、後ろに他の犬が何匹もいたからで。

今日、明らかにシロは黒犬に会えて喜んでいた。つまり……。

シロが慕っているのは、ずっと会いたがっていたのは、元の飼い主なんかじゃなくて、あの黒い犬だったんだ。

どうしても直らないシロの引っ張り癖の理由がわかって、なんとも言えない気持ちになった。

デザートに出たヤマモモのシロップ煮は甘くてとても美味しかったけれど、胸の奥にはよくわからないイガイガがつかえているみたいだった。


その夜。

ぼくが布団に横になったとき、ひと声低く吠える声がした。それに応えるように、ヒンヒンとかすれた声がする。慌てて部屋の窓から外を見たけれど、道路には何も見当たらなかった。

何かいたとしても、生垣が邪魔で見えないけれど。

やがて、隣家のドアが開く、ごくごく小さな音がした。そして小さな小さなささやき声がして……門扉を開ける、キィという音が響いた。

生き物の気配が、道路をうちの方向……つまり山に向かって移動し始めた。

ぼくにはわかっていた。あの黒犬がシロを迎えに来たのだ。犬の嗅覚なら、匂いをたどって居場所を見つけ出すなんてわけもないことなのだから。

ぼくは急いで庭に出て、息をひそめて夜の道に目を凝らす。闇に馴染《なじ》む黒犬と違い、シロの姿は夜道でもわかりやすい。街灯にほんの一瞬照らされたその体には、確かに首輪がなかった。

8

「——シロを黒犬のところに帰してやったの？」

翌朝、学校に行く道の途中でそう尋ねたら、ケンちゃんは寂しいような苦いような顔で小さく笑った。

「……オレじゃ、シロの一番にはなれないから……最初っからわかってたことだけど」

「……そっか」

しばらく無言で歩いてから、思い切って言ってみた。

「そんなら、もうお母さんのとこへ行っちゃえば？」

ケンちゃんはさかむけをめくられたみたいに、顔をひどく歪ませた。

「……そんなの、いまさら無理に決まってるだろ。お母さんだって仕事してて、大変なんだ」

明らかに怒っている声で言う。

「……そっか」

朝から太陽がカンカンに照っている残暑の日だったけれど、ぼくらを包む空気は暗く、どんよりしていた。

朝の会が始まる前、校庭に犬が入り込んだと騒ぎになった。どきどきしながら皆と一緒に窓から覗いたけれど、散歩中に逃走した飼い犬だったらしい。リードを引きずりながら元気に駆け回る小型犬を、飼い主らしい女の人が必死で追いかけていた。クラスの皆はやんやとはやし立て、やがて捕獲に成功した飼い主は、様子を見に出てきた先生にぺこぺこ頭を下げながら出て行った。犬を抱いたままのその姿が、心底羨ましかった。

家に帰って母にその話と、それから今朝のケンちゃんとの会話を伝えた。

「よそのご家族のことは、傍《はた》からは何ともできないわよね……」と母が言い、まったくその通りなので「そうだね」と返した。

世の中には、どうにもならないことがたくさんあるのだと思った。

それからしばらく経ったある日。

その日はよく晴れた休日だったので、ケンちゃんと一緒に遊べないかと思い、隣家の様子を窺《うかが》っていた。

まだ少し、気まずいままだった。

しばらくしてケンちゃんが出てきた。シロがいた頃にはいつもその時間に餌をやっていた。今は何もつながれていない杭を、ぼんやり見下ろしている。

声をかけようと縁側で運動靴をつっかけていると、キィという音がした。犬飼家の門扉を開けて、入ってくる女の人がいた。

「……健也」

声を掛けられ、ケンちゃんは驚いたようだった。

「お母さん……なんで」

「今日ならお父さんいないでしょう？　ちゃんと健也とお話がしたかったの。ねえ、健也。今からでも、お母さんと一緒に住む？」

お母さんの言葉に、ケンちゃんの顔は泣きそうに歪んだ。

「でもっ、お母さん泣いてて……ぼくのせいで……」

そのまま嗚咽《おえつ》を漏らしている我が子に、ケンちゃんのお母さんはふっとため息を漏らした。

「そりゃあ、息子が二人ともお父さんを選んだときには傷ついたわ。特に健也は絶対私と来るって思ってたから。ああ、あんなパパに負けたのかあって……それとも、犬に負けたのかな？　でも結局、その犬も逃がしちゃったのよね？　ちょっと無責任じゃない？　そんな程度の気持ちだったの？」

その言葉には悲しみと悔しさ、そしてケンちゃんを責める思いが確かに込められていた。それは確かにケンちゃんが後ろめたく思っていることで。だけど、違う。そうじゃない。そうじゃないんだ。

ぼくは生垣の際まで駆け寄った。そして、表情を無くして棒立ちになっているケンちゃんの代わりに、力の限り叫んだ。

「違う！　お父さんを選んだんじゃない。なんで……犬を、シロを……そうじゃないっ、そんなの選べるわけ、なんで？　なんでわかんないの？　なんでそんなこと……」

感情ばかりが先にほとばしり、出てくるのはおろおろとした意味不明な言葉ばかりだ。うまく伝えられない悔しさに、涙をこぼすぼくの背に、そっと温かい手が触れた。

「いきなり、すみません。この子、健也君と仲良くしてもらってて……シロとも友達でした」

振り返るまでもない。母だった。

「あなたが……お手紙下さった？」

ケンちゃんのお母さんが言い、背後で母が「はい」とうなずく気配があった。

「お電話ありがとうございました。ご事情は少し伺《うかが》いましたし、ここでのこの子たちの様子も見ています。だから、この子の言いたいことを私が代わりにお伝えしますね」

いつの間に手紙なんかと驚きながら、ぼくは汗の混じった涙をこぶしで拭《ぬぐ》う。もう大丈夫だ、とも思った。

「健也君が選んだのはお父さんじゃありません。お母さんと犬とを天秤に載せて比べたわけでもありません。選択肢になったのは、独りで過ごす放課後や夏休みか、同じ時間を温かい忠実な生き物と共に過ごすか、です」

ケンちゃんのお母さんは、眼を見開いたまま絶句していた。さらに母が続ける。

「健也君はシロを大事に思ってましたが、シロにはもう、一番大事な仲間と帰りたい場所があったんです」

母の言葉に、ぼくは幼い日、迷い道を一緒に歩いてくれた犬のことを思い出す。あいつにも、帰りたい場所があった。会いたい母犬と、兄弟犬がいた。

「でも、だからって……」

小さくつぶやくケンちゃんのお母さんに、母は続けて言う。

「そりゃ、健也君の行為を褒める人はいないかもしれません。でも、最初にシロを捨てた人と同一には語れませんし、少なくとも私にはとても責められません。無責任さや、悪意からではないのですから」

「あの、私……」

ケンちゃんのお母さんが何か言いかけたとき、犬飼家の玄関ドアが開いた。

「直也《なおや》……」

「オフクロ、久しぶり」

出てきたのは、今までちらりとしか見たことのない、ケンちゃんのお兄さんだった。寝ていたのかゆるゆるの格好で、眠たげな眼を眩《まぶ》しげに細めている。

「あのさ、話、丸聞こえ。庭で話すことじゃないでしょ」

親指で家の中を指し示す。「そうね……」と歩き出した母親に、お兄さんは言った。

「あのさ、お隣さんの言い方を真似《まね》するとさ、俺だって別にオヤジとオフクロを並べてオヤジを選んだわけじゃないよ。選んだのは、カネ。だってそうでしょ。どう考えても、オフクロ一人で二人分の学費とか無理でしょ。一緒に住んでなきゃ、あのクソオヤジは絶対バックレるに決まってるし。あいつ自分のことしか考えてねーし。だからしっかりあいつから搾《しぼ》り取ってさ、ちゃんと就職したら、オフクロのことも、健也のことも、ちょっとは助けてやれるかもしんねーじゃん？」

「……直也」

再度そう呼んだ声は、既に涙声だった。

ケンちゃんのお母さんはこちらに向けて深々と頭を下げ、息子たちと一緒に家の中に入っていった。

9

ケンちゃんが転校していったのは、十月半ばのことだった。

シロがいなくなって、ケンちゃんまでいなくなって、ぼくの毎日は一気につまらないものになってしまった。

その代わりみたいに、父がそれまでよりずっと早く帰ってきたり、休みがちゃんと休みになったりしたのは嬉しかったけれど。それまでは、なんだかんだ呼び出されたり、ずっと電話していたり、図面や書類とにらめっこしたりすることが多かったから。

「雪が降り始めたら、本格的に休みが取れる」と言っていたから、すごく楽しみにしていた。

そして十一月も終わりに近づいた頃。

夕食前の夕方といえる時間だったけれど、あたりはすっかり暗くなっていた。ぼくは盛大に鳴く虫の声に誘われるように庭に出ていた。植え込みにはできるだけそうっと近づいたのに、複数の声は同時にふっと途絶えてしまう。そのまま辛抱強く、また鳴きはじめるのを待つぼくの耳に、別のかすかな音が聞こえてきた。

ひたひたと軽い足音。まるで肉球がアスファルトを叩いていくような。ときおり、爪が立てるような固い音。はっはっという、生暖かそうな息遣い——そして短く響く、吠え声。

急いで門から覗くと、隣家とぼくの家との間くらいに、あの黒い犬がいた。

犬はためらいなく寄ってきて、開けろというように門扉に前足を添える。何か切羽詰《せっぱつ》まった様子で、思わず少しだけ開けてみた。すると頭を割り込ませた犬が、ぼくのズボンのすそを軽くくわえてぐいっと引っ張る。

明らかに、共に来いと言っている。それでピンときた。

シロに何かあったんだ。

そういえば前の夜に、犬の吠え声を聞いた気がした。もしかして先に犬飼家に行っていたのかもしれない。だけどあの家には今、声に応えて出てくる人はいない……。

大声で両親を呼んで、現状を報《しら》せる。上着と懐中電灯を手に、飛び出す気満々の母を押し戻し、父が車の鍵を持って出てきた。もちろんぼくは助手席に乗せてもらう。母は留守番だ。

思った通り、黒犬は山に向かって猛スピードで駆けていく。暗闇に溶けてしまいそうな犬を、ヘッドライトの灯りを頼りに追っていった。別荘地の奥まった場所、道の突き当りで車を降りる。犬は雑木林の中を、ときおりこちらを振り返りながら進んでいった。母に持たされた懐中電灯の光に、黒犬の眼が光る。

なだらかに窪《くぼ》んだ地形の底に、一匹の白い犬がいた。落ち葉の上にぐったりと横たわり、ぼくたちの接近に耳だけがぴくりと反応する。黒犬がそれへ駈け寄り、訴えるようにこちらを見た。

ぼくに近づかないよう命じてから、父が白い犬の様子を確認した。

「シロだね。足を罠に挟まれている」

「夏に野良犬を捕まえたやつかな?」

「役所はこんな危ない罠は仕掛けないよ」

と言いながら罠を外しにかかる父に気づかれないよう、ぼくはじりじり寄っていく。

「上着を一度脱いで、中に着ているシャツをこっちに」振り向かないままの父に指示され、慌てて言われた通りにする。そしてすぐさま上着を肌着の上から直接羽織《はお》った。夜の山は、ぴりぴりと寒かった。

「お父さんはシロを運ぶから、おまえはこいつらを頼む」

ぼくのシャツに包まれた何かを差し出され、覗き込んだら何だか気持ちの悪い物が見えた。薄汚れてぐんにゃりとした毛皮の固まりがいくつも入っている。

「シロの子供だよ……もう死んでしまっているかもしれないけど。シロもかなり弱っている。一緒に獣医さんに診《み》てもらおう」

そう言って、父は自分の上着を脱ぎ、それでシロをくるんで立ち上がった。

黒犬はひたひたと車のところまでついてきたが、父に「ごめんな。ここで待っててくれるか」と言われると、まるで言葉がわかっているみたいに、それ以上は追ってこなかった。

結局、シロを助けることはできなかった。

獣医さんに手を尽くしてもらってから、少しの間うちで面倒をみていたけれど、どんどん悪くなっていき、そのまま動かなくなった。罠に挟まれた足首の傷から、悪いバイキンが入ってしまったのと、飲まず食わずの弱った体で出産したのが原因だった。

全部で五匹いた仔犬も、二匹は既に死んでいて、残り三匹もほとんど虫の息だったという。一匹、もう一匹と死んでいき、最後に一匹だけが残された。

父犬によく似た、真っ黒な仔犬だった。

死んだシロと仔犬たちは、父とぼくとでまたあの窪地に行き、丁寧に埋めた。父がもらってきた、欠けた石材を墓石代わりに置いた。作業の間で一度だけ、遠くで吠える犬の声を聞いた。

生き残った仔犬は、父の知り合いが一時的に預かってくれた。ぼくの家はその頃、とても付きっ切りで仔犬の世話をできる状況になかったから。

父に尋ねてみた。

「……仔犬のこと、教えてあげたらケンちゃんは飼うかな？」

「難しいかもしれないな。それに何より、健也くんが良かれと思ってやったことの結果を、突きつけてしまうのは残酷かもしれないよ」

それはそうなのだ。あのとき、シロのことを思って、シロの願い通りに放してやったことで、結局シロと仔犬たちは死んでしまい、黒犬は前よりもっと孤独になった。それを思い知るのは、絶対に辛いことだ。

——それでも、少しの間でもあの黒犬と過ごせて、シロは嬉しかったと思いたいけれど。でないと、シロの生涯はあまりにも悲しい。

「それなら……」と言ったきり、後が続かない。今までだって散々口にして、「駄目だ」と言われてきたことだから。

けれど父は言った。

「あの仔犬を飼いたいのかい？」

ぼくは大きく首を縦に振る。父は真っすぐにぼくの眼を覗き込んできた。

「わかっているかい？　犬だけじゃない。生き物を飼うということは、命に責任を持つということだ。それは決して、いいことや楽しいことばかりじゃない。面倒くさいこと、思うようにいかないこと、不便なこと、がっかりすることもたくさんある。犬のために、別の楽しいことやしたいことを諦めたりね。ちゃんと飼おうとすればお金だってたくさん必要になる。その分、我慢しなきゃならないことだって出てくる」

「——ガマンじゃない、それは嬉しいことだよ。面倒くさくない、ちゃんと面倒みる。汚いことだっていっぱいあるって知ってる。いっぱい犬のこと調べたし、もっといっぱい勉強する」

「今じゃなくて、もう少し大きくなって、ちゃんと責任もって世話ができるようになってからなら、僕らも真剣に考えるよ？　好きな犬種だって選べるよ？」

「今じゃなきゃ、駄目なんだ。あのわんちゃんじゃなきゃ、駄目なんだ。だってあの仔犬には、お母さんのシロも、兄弟もいない。だからぼくがあの子にとっての一番になるんだ」

父はまじまじとぼくの顔を見ていた。そして、ため息をつくように言った。

「一応、お父さん犬は残っているけど、まあ、あいつに育てられるわけもないか……可哀そうだけどな。わかったよ、おまえの勝ちだ。あの仔犬を、我が家に迎えよう」

「ほんと？」

飛び上がりたいほど嬉しくて、ぼくは本当にぴょんぴょん跳ねた。

「ただまあ、うちはもうじきお祭り騒ぎになるから、少しだけ、待ってくれるか？　色々、準備も必要だし」

盆と正月どころじゃないなあと付け加え、父は困ったように笑った。

父が言っていた通り、まもなく我が家はとんでもない大騒ぎになった。

なんと、妹が生まれたのだ。

あっという間にぼくは一人っ子から、〈お兄ちゃん〉になった。小さな妹はよく泣いて、家族中を寝不足にして、家の中をしっちゃかめっちゃかにしてくれた。

だけど、世界一、可愛かった。

遅れること二ヵ月ほどで、黒い仔犬が帰ってきた。以前には気づけなかったけど、額に縦にひと筋、白い毛が生えていた。それがとてもカッコいいと思った。

ケージの中でびくびくとこちらを見ている仔犬を怖がらせないように、ぼくはできるだけ小さく屈《かが》んで挨拶をすることにした。生まれて間もない頃に少しだけうちで世話はしたけれど、とても弱っていたし、目も開いていなかったからね。

だから改めて、この上なく誇らしくて晴れがましい自己紹介をしてやろう。

「――初めまして。ぼくの名前は、瀬尾《せお》はやてだよ。もうすぐ小二で、ここの家の長男で、お兄ちゃんで……今日からおまえにとって、世界で一番で、友達だ」

どうぞよろしく、と付け加えたら、仔犬はぼくに向かってひと声、「ワン」と吠えた。

1
(ONE)

中編

1

最初は、ただ一時的に保護するだけのはずだった。だから私は、我が子がその仔犬の名前を考え始めたとき、そっと止めた。名前というのは、本当の飼い主からの最初のプレゼントなのだから、と。名前は唯一無二であるべきだ。それ自体は間違っていないと思う。

けれど本当は、名前なんて付けてしまえば、より離れ難《がた》くなるのがわかり切っていたから、という理由の方が大きかった。当時我が家には、生まれたての仔犬を迎え入れて、付きっ切りで世話をするような余裕はとてもなかったから。だからずっと、「ワンちゃん、ワンちゃん」と呼んでいた。

色々あって結局その子はうちで飼うことになった。たぶん、そうなるんじゃないかという予感はあったけれど。我が子はベビーカーに乗っていた頃から、散歩中の犬を指さし、嬉しげに何か言っていたし、絵本の読み聞かせでは、桃太郎も猿も雉《きじ》もそっちのけで、ずっと「ワンワン、ワンワン」と言っていた。親たる私はそんな刷り込みはいっさいやっていない。きっと前世ではよっぽど犬と仲良くしていたのだろう。

仔犬の呼び名はそのまま〈ワン〉になった。みんなそれがしっくりすると感じたみたいだし

（仔犬本人も含めて）、犬の鳴き声をそのまま名前にするのは、意表をついていてなかなか面白いと思った。息子も父親から「英語で数字の一のことだよ」と聞き、「カッコいい」と嬉しげだった。クラスで一番足が速い、一番背が高い、国語の書き取りや算数の計算が一番速い……そんなことが、この上ないステータスになるお年頃である。一は、この世で一番格好いい数字なのだ。

ワンが正式に家族に加わる少し前、下の子が生まれた。だから当時は本当に大変だった。産後の手伝いに来てくれていた母から、「何もこんな大変なときに、よりにもよって犬を飼い始めるなんて考えなし過ぎる」と苦言を呈された。母に犬の世話はさせていないけれど、色々余裕がなくなった結果の皺《しわ》寄せで、迷惑はかけたと思う。

「ごめんねー、でもこればっかりは、子供と同じで授かりものみたいなものだから」と言ったら、「全然同じじゃないでしょ。犬なんて不潔だし、いつ赤ちゃんを噛むかもしれないし。庭で飼えばいいじゃない」と呆れ顔でたしなめられた。

私の親世代はペットに対する考え方が今とはずいぶん違う。犬は番犬で外飼いが基本だし、餌《えさ》なんて残りご飯に味噌汁《みそしる》、みたいな感じだったらしい。いわゆる猫まんまだ。犬だけど。よほどのことがなければ病院にも連れて行かない。だから、長生きも難しかった。

もっとも母が犬に厳しいのは、昔実家で猫を飼っていたからだろう。実にふてぶてしい態度の猫だったけれど、彼女は立派な家族の一員だった。とうの昔に死んでしまったというのに、今も皆から愛され続けていて、よく会話にも出てくる。全員がゆるぎなく猫派のままだ。だから私はある意味、裏切り者と見做《みな》されたのかもしれない。

実のところ、そのときの私は確かに猫派としては微妙な立ち位置にいた。もちろん、猫が好きなのは揺らがない。けれどかつての愛猫《あいびょう》は、野良猫が居着いたものだったから、仔猫時代を知らない。一方、我が家のニューフェースの片割れは、仔犬である。それはもう、とてつもなく可愛かった。そしてまた、母には眉《まゆ》をひそめられた〈赤ちゃんと仔犬〉という組み合わせは、なんとも言えず尊く、すばらしく、愛おしかった。多くの哺乳類《ほにゅうるい》の赤ちゃんは、その可愛らしさを武器に庇護《ひご》してもらうとどこかで耳にしたけれど、確かに、と思う。

そんなわけで私は、猫は大好き犬も最高、という派閥に鞍替《くらが》えすることになった。子供たちと仔犬をモデルに写真やビデオを撮りまくっていたら、仔犬を抱いた息子のはやてがカメラ目線のまま、にやっと笑った。

「ほら、やっぱり犬はいいでしょう?」

どうだ参ったかと言わんばかりに、ふんぞり返っている。

「そうだねえ」と苦笑しつつ、思い出すことがあった。

犬に関しては、後ろめたい記憶があった。

まだ若い娘だった頃、友達の家で飼っていた犬が事故で死んでしまうということがあった。その死を後から知っただけということもあり、あまり可哀そうだとは思えなかったのだ――その犬にはキャンキャンうるさく吠えられたりと、お気に入りのワンピースを汚されたりと、ろくな思い出がなかったから。

今にして思えば、ペットを溺愛するあまり甘やかしまくって、しつけをおろそかにしていた友達のお父さんが悪い。犬は完全な被害者だ。なのにあのときは、我ながら実に心無い態度だったなあと思う。親として我が子に教え諭すべき立場になっていざ我が身を振り返ると、細かな場面場面で無慈悲だったり自分本位だったりした己に気づき、いたたまれなくなることがある。若気の至りばかりではなく、わりと最近の出来事でも。いくつになろうが、全然〈善《よ》き人〉にはなれていない私である。

それはさておき——。

小さな頃から可愛い息子が懇願していたにもかかわらず、犬を飼わせてやれなかったのには事情がある。私たち一家はかなり頻繁《ひんぱん》に引っ越しを繰り返す必要があり、必ず犬が飼える環境が得られる保証がなかったのだ。

夫の仕事は各地に天文台を建てる、という素晴らしくロマンあふれるものだった。国家予算で作るような巨大なものではなくて、もっとずっと小規模で、それこそ個人でも望めば敷地内に設置できるようなタイプだ。もちろん小型とはいえ本格的な天体望遠鏡を設置するとなると、お金もそれなりにかかる。まったくの個人で楽しむために依頼してくれた、本物のお金持ちもいるにはいるが、やはりそれは稀有《けう》な例だった。主な客層は、星がよく見える立地のリゾートホテルとか繁盛《はんじょう》しているペンション、そして地方自治体といったところだ。夫は現地でクライアントと直《じか》にやり取りし、トータルで工事を取り仕切る責任者の立場である。豪雪地帯だと冬場は長く施工ができないし、建設地や規模の大小で条件は変わってくるけれど、大体半年から一年くらいで転居する必要があった。まるで遊牧民みたいな家族である。

今回は大企業の保養施設にぜひ、という依頼だった。実地で測量などを始めていたら別口の仕事が舞い込み、続けて近隣にある別会社の保養施設にも建設させてもらえることになった。なんでも最初に依頼してくれた企業の社長にやたらと自慢されて、張り合ったものらしい。我が家としてはありがたいことである。加えて夫もこの地域を拠点とした営業を頑張った結果、するすると仕事がつながり、下の娘とワンの出生地となったこの町には三年近く住むことになっている。我が家としては破格の長期居住である。これは本当に助かった。おかげでじっくりと子供たちと仔犬の成長を見守ることができる。

それにしても、ほぼ同時期に生まれたというのに、人間と犬とでは成長のスピードがあまりにも違っていて面白い。生後半年の赤ん坊なんて、ようやくお座りができるかできないか……といったところなのに、犬の方は六ヵ月も経てば見た目はほとんど成犬だ。両親犬共に大型犬だったから、もっと大きくなるだろう。散歩させていても、「可愛い」と声を掛けられることはなくなり、「強そう」「ワイルドだね」などと言われるようになった。

一方、この時点での娘の玲奈《れいな》は「寝返りが上手にできた！」とか「一瞬だけお座りができた！」とかで、やんやと拍手喝采《かっさい》されている段階だ。お座りなんてとっくに習得していたワンは、ごく自然に玲奈のことを、〈庇護すべき格下〉と認定するようになっていた。お昼寝のときにも、はだけてしまった薄手のタオルケットを元通り玲奈のお腹にかけてやろうとしたり、落とした玩具《おもちゃ》を拾ってきてやったり、それはもう甲斐甲斐《かいがい》しい世話の焼きようである。

犬の飼い方の本に、犬は赤ちゃんが苦手なことが多い、と書いてあった。それまで飼い主と自分だけだった家の中に、いきなり妙な生き物が現れて、しょっちゅう大声で泣いたりするから怯《おび》えてしまうらしい。そのストレスに加えて飼い主の関心がすべて赤ちゃんに向けられてしまうから、嫉妬して不安定になってしまうことがあるから注意するように、とのことだった。

その点、ワンにとっては玲奈は最初から家にいて、しかも自分よりはるかに劣った、弱い生き物だった。彼が先輩風を吹かせまくるのはまあ、当然とも言える。

こうなってくるとむしろ、ワンの主《あるじ》たる飼い主であり、玲奈のお兄ちゃんでもある長男のはやての方が嫉妬しそうな状況ではあった。密かに案じていたのだけれど、ママを取られたと赤ちゃん返りすることもなく、ワンもはやてのことが大好きな様子だったから、心配は杞憂《きゆう》に終わった。

そうして我が家では、末っ子の妹を大切に見守るお兄ちゃん二人（一人と一匹）、というこの上なくキュートで温かい関係が築かれていくのだった。

2

家庭内がにぎやかと慌ただしいと可愛いのごった煮状態だった一方で、家の外はそこはかとなく不穏だった。

そもそも、この地に引っ越して早々、隣家の犬が劣悪な飼育環境下におかれていることを目《ま》の当たりにしてしまった。ひどい悪阻《つわり》がようやく治まっていた私と、犬が大好きなはやては、しばらくやきもきしたり、バタバタ対応したりさせられた。そして同じ頃、野犬が山で群れを作っているという注意喚起もなされていた。

ワンはそうした犬がらみの事件の顚末《てんまつ》の、唯一残った〈良かった〉だ。

お隣の犬飼《いぬかい》さんは飼い犬のシロがいなくなり、下の子もお母さんの元へ行ってしまい、一気に寂しくなった。上の子は学業やアルバイトで忙しそうだし父親は仕事だしで、平日は誰もいないから、昼間は静かなものである。むしろ我が家が一番にぎやかだ。何しろ小学生男子と赤ん坊と犬がいる。

「いつもうるさくてすみません」と反対側のお隣さんに挨拶《あいさつ》がてら謝ったら、「全然そんなことないわよー」と奥様に微笑《ほほえ》まれた。ご高齢のご夫婦で、「二人とも少し耳が遠いから。うちこそ、お互い大声で話してるから、もしかして聞こえちゃってるかしら」とおどけたように言われた。それこそ、そんなことはないですよ、だった。家と家の間がそこまで密じゃないのが、地方住まいのいいところだ。

一方犬飼さんは挨拶の声をかけても、煩《わずら》わしげにこくりとうなずくだけだった。これはまあ、ずっとそうだ。どうやら私は嫌われているらしい。夫の挨拶には一応返事があるそうだ。上のお兄ちゃんの方は、口の中で何か言っているような気配は伝わってくる。頑張れ、もうちょっとで聞こえるよと、密かに応援している。

外の不穏はすべて犬がらみで、それも山の別荘地で次々と犬が捨てられていることがそもそもの原因だった。別荘にやってくる誰かの仕業らしいとは聞いていた。少なくとも、別荘の管理会社や役所関係の担当者は、確実に把握している。野犬への注意を呼び掛けながら、一向に犯人捜しが始まらないのは、その別荘のオーナーが町にとっては機嫌を損ねたくない権力者だから、というのが真相らしい。

何とも情けない大人の事情である。子供にはとても聞かせられない。

ともあれ私も、「罰《ばち》が当たればいいのに」と、一人つぶやくくらいしかできなかったのだけれど。

その状況に変化があった。

発端は、夫があるパーティに参加したことだった。当時、私たち一家はなるべく今の住居に長く住みたいと考えていた。それは小学校に上がった長男の転校を遅らせたいということが第一、そして犬のワンのこともあった。引っ越した先でペット可の物件が見つかるとは限らないからだ。

幸い、この地での三件の仕事は向こうから飛び込んできた。こうなると、さらに頑張ってみようという意欲もわいてくる。それで夫は苦手な営業活動に力を注ぐことになったのだ。幸い今のクライアントさんが夫のことを気に入ってくれ、地域の名士を紹介してくれる機会を設けてくれた。

そのパーティは、県内有数の企業のトップによる催しで、主賓《しゅひん》はその息子さんだった。なんでも芸術家であるらしく、彼の個展開催を祝って立食パーティを行うことになったのだそうだ。会場には作品も展示されるらしい。

「そういえば子供が生まれてから芸術関係とは、とんとご無沙汰《ぶさた》してたわ。いいなあ楽しそう」と能天気に羨《うらや》んだら、夫は「これも営業だからね、どんな作品でも絶賛する覚悟で行くよ」と戦いに赴《おもむ》くみたいな面持《おもも》ちで答えた。彼も絵画は好きだけれど、わりと好みがはっきりしている方なのだ。

「雨が降ってきたから、ハイドロプレーニング現象に気を付けてね」

ふと気づき、車で出かける夫に重要な忠告をしたら、彼はおかしそうに笑った。こっちはいたって真面目《まじめ》なのに。

「そうだね。長い下り坂ではフェード現象にも気を付けるよ」

子供らと犬が寝静まった頃に帰ってきた夫は、腹を立てているような悲しいような疲れたような、複雑な表情を浮かべていた。

「……なかなか強烈な人だったよ」

ため息と共にそう言われ、「まあ芸術家って個性的だったり頑固だったりする人が多そうよね」と答えたら、夫は嫌そうに顔をしかめた。

「あんまりお近づきになりたくない個性だな。まだ三十そこそこくらいに見えたけど、お偉いさん方相手に長々と持論を語っていたよ。自分はこの世のありとあらゆる物の最高に美しい瞬間、心を動かされる瞬間を切り取っている。芸術のためには、摂取する飲食物は最上のものでなくてはならないし、花ならば満開になる寸前の状態が最も美しいから、それを過ぎたとたんに切り取って捨てているんだって」

「まあ、花が可哀そう」

内心で、もったいないわと付け加える。

「そこまではまだましなんだよ。芸術家氏曰《いわ》く、付き合う女性も若く美しい時期が過ぎたら、もう共にいる意味はないんだってさ。花と同じで劣化する一方なんだって。あ、気を悪くするのは早いよ。これ、その芸術家の作品なんだけど」と手渡されたのは、個展案内の葉書だった。

「見ての通り、写真や印刷物とイラストを組み合わせた作品なんだけど。この人、モチーフとしてよく犬を登場させるんだ。彼曰く、犬が最も愛らしく、完璧な造形をしているのは仔犬のとき、なんだってさ」

葉書に印刷された作品の中には、白い仔犬と黒い仔犬の姿があった。そこからの連想はすぐだった。

「――まさか、あの別荘の？」

「彼の父親の所有らしいよ。挨拶させてもらって、少し雑談できたんだ」

「じゃあやっぱりそいつが犬捨ての犯人なのね。最低じゃない？」

「最低だね」

「通報しちゃえばいいのに。犯罪でしょ？」

「一応、動物愛護法違反の遺棄《いき》に当たるよね。けど別荘の管理人さんの話だと、捨てたんじゃなくて逃げたんだと当人は言ってるらしいけど」

「限りなく黒に近いグレーね。というより真っ黒ね」私は案内の葉書を取り上げて、しげしげと見つめた。「こんなのだったら私にも描けるんじゃないかな……なんたって、高校時代は美術部入ってたし。犬と、それに赤ちゃんや子供のお宝写真は山ほどあるし。むしろ私の方ができが良かったり……素人《しろうと》にそんなこと言わせちゃう芸術家なんて、たかが知れてるわね。こんな人の作品なんて、売れっこないでしょ」

「それが結構売れてたみたいだよ。父親が仕事関係に声をかけまくってたみたいだから、中にはお付き合いで買った人もいるかもしれないけど……まあこれは下衆《げす》の勘繰《かんぐ》りだな」

「下衆はこいつでしょ。ああ、罰を当ててやりたいわ」

「神様目線？」

夫はおかしそうに笑ったけど、神頼みではあまりにももどかしい。

「いえまあこれはあくまで独り言だけどね、こいつが別荘に来るときを狙って入り口の上にくす玉みたいなのを取り付けてね、中にぎっしりドクガの毛虫を詰めておく、とか。ドクガ爆弾ね。これは、強力よ」

ドクガによる攻撃は、近年耳にした情報の中で最悪だったものを参考に今、編み出した。くす玉が自動的に割れる仕組みに、一考の余地があるけれど、ダメージとしてはなかなかのものだと思う。

「君が自爆する未来しか見えないからやめときな」

真顔で止められてしまった。

もちろん私だって、ほんとにやったら傷害罪になりかねないくらいのことはわかっている。言ってみただけだ（夫はそもそも成功しないと思っているみたいだけど）。

「自爆はせずに、法に触れない範囲で何か……」

ぶつぶつつぶやいたら、「不穏なセリフが聞こえたよ？」と夫が言ってきたので、「ごめんごめん、疲れてるよね。お風呂沸いてるから入っちゃって」と背中を押した。

翌朝、散歩から帰ってきた息子と犬にごはんを食べさせ、泣いて身をよじる赤子を抱っこしつつ洗濯機を回し、支度《したく》を済ませた子供は学校に、犬は庭に送り出す。平日の朝はいつもてんてこまいだ。とはいえ休日も、子供たちと犬はいつもの時間に起きてくるから、それほど楽というわけじゃないのだが。

最後に、なぜかもの言いたげな顔をしている夫を仕事に送り出し、ほっと息をついた。とはいえ休む間もなく脱水の終わった洗濯物を洗濯カゴに移し、縁側に置く。そして玲奈を抱き抱えて、庭の物干しに向かう。一人用のレジャーシートを広げ、玲奈を座らせる。私の姿が見えないと大泣きしてしまうから、最近はもっぱらこうしている。洗濯物を干している間、ワンが相手をしてくれているから楽ちんだ。

パンッと音を立てて洗濯物の皺を伸ばすたび、ワンの耳がぴくりと動く。毎日聞いていても慣れないみたいだ。手を伸ばしてくる玲奈に寄り添い、されるがままにおとなしくしている。めきめき大きくなっているけどワンだってまだ生後半年くらいなのに、ちゃんといいお兄ちゃんをしてくれている。

洗濯物を干しながら、ふとお隣の庭木に目をやった。頼りなく枯れ果てた桜の木。枯れてなければ季節には借景でお花見できたのに、と既に何度となく思ったことがまた脳裏に浮かび、慌てて首を横に振る。満開に咲きほころぶ桜の後に待っているのは、満員御礼、こぼれんばかりのドクガの毛虫だ。どう考えても嫌すぎる。

その連想で、昨夜の夫との会話を思い出した。パーンと洗濯物を振り広げつつ、色々考えてみる。

日課の家事を終えてから、私は出かける支度をした。玄関からベビーカーを取り出すと、ワンが明らかに自分も一緒に行くつもりで走ってきた。心が痛んだけれど、ワンにその場でお留守番を命じる。ベビーカーを押しながら犬のリードを引くのは、どう考えても危険だ。いざというとき、両方守り切れる自信はない。それに行先は図書館である。外に長時間つなぎっぱなしにして、誘拐だの悪戯《いたずら》だのされたら大変だ。加減のわからない幼児に手を出されて、万一噛みでもしたらと思うとぞっとする。だから、ワンの自分も連れていけアピールを、心を鬼にして振り切った。犬飼いの辛《つら》さを、しみじみ思い知る今日この頃である。実家で飼ってた猫はクールなもので、家族の外出を見送りもしなかった。仔猫だったらまた違っていたのかもしれないけれど。

図書館で各種図鑑を確認してから、必要な資料を数冊借り出し、ついでに買い物も済ませて家に帰る。ワンが千切れんばかりに尻尾《しっぽ》を振って迎えてくれた。犬の尻尾とは実に素晴らしいものだなと、毎度思う。

簡単なランチを食べてから、借りてきた資料を読み込む。昆虫や植物のより詳細な説明が書かれた本や、害虫駆除の専門書等々。なかなか参考になる知識を得られたと思う。腕に抱えた玲奈も開いた本をふむふむとばかり覗《のぞ》き込んでいる。将来は立派な本好きに育つだろう。その後赤子が寝た隙に夕食の仕込みを始め、鍋を火にかけたら洗濯物を取り込み、畳んでいると息子が小学校から帰ってきた。毎度のことながら、すぐにもワンの散歩に行きたがるのを押しとどめ、連絡帳やプリントなどを吐き出させ、チェック。それからおやつで釣って宿題と明日の用意をさせる。ワンもおやつタイムだ。

はやてが宿題を終えていそいそと立ち上がったときには、私も準備万端だった。

「――今日は私と玲奈も一緒に行くよ。そうね、たまには山の方に行ってみない？」

今日はお天気も最上で、山歩きにはもってこいだった。吹く風はしっとりと柔らかく、降り注ぐ日差しにもまだ厳しさはない。

道端に咲いているタンポポを一輪摘んだら、ワンが寄ってきてふんふん匂いを嗅《か》ぎ、微妙な顔をした。玲奈が伸ばしてきた手に渡したら、早速口に持っていこうとする。慌てて取り上げて、ワンの首輪に挿《さ》した。

「とってもお似合いよ」と背中を撫《な》でたら、「ワンッ」と元気よく吠えた。

「あなたのお名前は？」

「ワン」

「まあすごい、自分の名前を言えるなんて、この子は天才犬ね」

犬と私のやり取りに、はやては声を立てて笑った。

別荘地は、静まり返っていた。元々、観光客が大勢押し寄せるような時期でも場所でもない。この別荘地がにぎわうのは主に夏休みシーズンだ。

「……あの黒い犬はどうしているかなあ」

息子の言葉に、そうねえとつぶやく。

年末の騒動以降、山でも近所でも野犬を見たという声は聞かない。

「元気にしているといいけど」

心配そうなはやてに、「大丈夫、ワンのお父さんなんだから」と返す。たとえ何も根拠はなくとも明るく元気に言ったのが効いたのか、はやても明るく「そうだね」と答えた。

しばらく行くとようやく人影があった。作業服を着た中年男性に「こんにちは」と声をかける。

「ああ、こんにちは」

愛想良くそう返してくれた彼は、この別荘地の管理保全を任された作業員だった。傍《かたわ》らに、管理会社の名が印刷された軽トラが停めてある。

ワンがいそいそと彼に寄っていったのは、好奇心旺盛で人懐っこい犬だから、だけじゃない。作業員の手には、開封されたドッグフードの袋があった。

「あー、匂いに釣られたな」おじさんは苦笑して、「ほれ」と少し摘まんでワンに差し出す。

ワンは「いいですか？」というようにはやてを見上げた。

「よし」とはやてが許すと、ワンは嬉しげに平らげてしまった。

「すみません、食いしん坊で……それで、ドッグフードなんてどうするんです？」

薄々気づいてはいたけれど、敢《あ》えて尋ねてみる。

「いやー、ここのオーナーさんの飼い犬が逃げちまってね。時々餌を置いてくれって、頼まれているんですよ」

やはり、この別荘だった。この別荘地の中でも、ひと際立派な建物だ。敷地面積も広々としていて、その一帯だけ日が差していて明るい。

「そうなんですかー。逃げたわんちゃんは、ちゃんとごはん食べてますか？」

「いやそれがね、もうずっと見かけないんだよねー。カラスの餌場になっちゃってるから、今度オーナーさんが来たらもう止めた方がいいって言おうと思ってるんだよ。他の動物も寄ってきちゃうしね……まあまた、別の犬が逃げ出すかもしれないけど」

含みのある言い方をして、おじさんは大きな陶器の皿にドッグフードをざっと入れ、ウッドデッキの下に置く。

「そうですか……管理のお仕事も、大変ですよね……。草刈りなんかもされるんですよね？これだけたくさんの別荘があるんじゃ、大仕事だわ」

「ははっ、いやまあ雑草なんかはキリがないんでね、オーナーさんから宿泊の事前連絡があってから刈りに行きますよ」

「でも裏まで全部じゃ大変ですよね？　後ろの藪《やぶ》なんてあんなに生い茂って」

私は別荘の裏手を覗き込む。

「いやいや、さすがに玄関やデッキ回りだけですよ。オーナーさんの要望があればやりますがね」

「ここへは毎日？」

「今の時期は、週に二度ほど様子を見に来るくらいですよ。他にも見回らなきゃならないとこはあるんでね」

「そうなんですかー」

相槌《あいづち》を打ちながら、愛想良く笑ってみせる。

幸い、他愛のないおしゃべりが苦になるタイプではなさそうだけど、これ以上仕事の邪魔をするのも悪いだろう。

「それじゃ、どうも」と会釈《えしやく》して、私たちは散歩の続きに戻った。


その日たどったお散歩コースは、以降、私たちのお気に入りになった。道々、雑草を引っこ抜いたりしながら例の別荘あたりまで行く。

この山に、ワンの両親犬の匂いや痕跡が残っているだろうか、と思う。あの黒犬はもしかしたら。シロの方は、時間も経ってしまったしもう無理かもしれない。

吠える声を奪われ、山に捨てられ、再び人間に飼われるも、扱いはひどくぞんざいで……そこからようやく逃げ出して黒い犬と共に生きるも、人間の仕掛けた罠《わな》で動けなくなり、産み落としたほとんどの仔犬と一緒にその命を喪《うしな》った。

恨んで、化けて出てくればいいのに。猫や蛇と違って、犬にはあまりそういうイメージはないけれど。ひどいことをした人たちに罰が当たればいいのに。

そうぶつぶつつぶやきながら、ウッドデッキの下を覗き込んでいると、はやてが「なにしてるのー？」と一緒に覗き込む。

「ふっふっふ、ドリンクバーだよ」

そう言ったら、小首を傾《かし》げて「どんぐりば？」とつぶやく。とても可愛い。はやてはまだ、ファミリーレストランの存在を知らないのだ。

「秋になったらどんぐり拾いに来ようね」

木の実が拾い放題の〈どんぐり場〉だ。

「ねー、お母さん。ミッシツってなに？」

密室とは、急に難しいことを聞いてくる。説明も難しい。ううんと悩んでから答える。

「それはね、鍵が壊れたトイレだよ。大変だー」

おどけて言ったら、何かのツボに入ったらしいはやてが声を立てて笑った。そこらじゅうをふんふん嗅ぎまわっていたワンが、はやての笑い声に呼応して、「ワン」と吠えた。

3

「——そうなのよっ！　クールで素っ気なくて、でもそこがいいって思ってたんだけど、わかりやすくて熱烈な愛情を向けられると、思わずきゅんとしちゃうのよねー……ええっ、これって浮気？……えー、どっちも好きってことじゃ駄目なの？　やだー、決められないわー」

受話器を持ったままくねくねしていたら、ふと人の気配に気づいて振り向く。居間の入り口に夫が立っていた。

「あ、あーっ、旦那が帰ってきたみたい。ごめん、またねー」

早口に言って電話を切ると、「ごめんねー、電話してて、帰ってきたのに気が付かなくて」

会話が弾み過ぎて、車の音にも玄関ドアの音にも気づかなかった。

今夜は色々なことが奇跡的にうまくいき、子供たちは寝てくれて、夫はまだ帰ってこないというときを見計らったみたいに友達から電話があったのだ。

「いやいや、こちらこそ。電話、切ってしまって良かったの？」

「あ、うん、どうせ大した話じゃないから」と言ってから、夫の何とも言えない表情に気づく。

あら、どうしたのかしら。すごく何か言いたそう。私、何かしたっけ……。

そうして己の言動を振り返り、はっとする。私、妙なことを口走っていなかった？　あれ、これってひょっとして、あらぬ誤解を与えちゃってる？

「もしかしてさっきの電話、聞いてた？」

「少し前から聞こえてたよ」

「違うからね。電話の相手は友達の、ほら、あなたも知ってる愛《あい》ちゃんで、話題は猫派だったけど最近犬派に浮気しそうってことだからね。いや、浮気とかじゃなくって犬も猫もどっちも好きって話だから」

「ふーん？」

わざとらしくも平坦な声で相槌を打ちつつ、夫は持ったままだったカバンを隅に置く。

「あ、食事は済んでいるのよね？　お茶でも飲む？」

今夜は職場の懇親会だから夕食はいらない、という話だった。だからこちらの方はタイトルを付けるなら〈残り物と有り合わせの適当手抜きアレンジ〉となりそうなメニューで済ませ（はやては『おいしいね』と食べてくれた）、結果いつになく私の時間には余裕があったのだ。

私の提案に、夫はにっこり笑った。

「ああ、いいね、一緒に飲もう。少し話もあるし」

なんでだろう、笑っているのにちょっと怖い。急いでお茶を淹《い》れて食卓に座ると、夫は美味《おい》しそうに喉を潤《うるお》してから言った。

「今日はさ、中途採用で新しく入った人の歓迎会だったんだけど、酒に弱いみたいでね、途中からすっかり出来上がっちゃって、やたらと愚痴《ぐち》りだしたんだ。付き合ってる女の子が心変わりしたんじゃないかってね。いついつのあの言葉はアヤシイ、あの行動はアヤシイって具合に。みんなでそれは考えすぎだよってなだめて、最後はタクシーに放り込んで早めにお開きになったんだけど。でね、そのときに思ったんだよ。うちの奥さんの行動も、最近妙にアヤシイなって」

危うく口に含んだお茶を噴くところだった。

「たとえばね、図書館で借りてきた植物図鑑で熱心に調べものをしててね。わざわざ付箋《ふせん》まで付けてたんだけど、そのページにあった植物の花言葉が、〈不倫〉〈攻撃性に富んだ〉〈積極性のある〉とまあ、不穏なワードばかり並んでてね」

「た、確かに不穏」

攻撃性に富んだ不倫も、積極性のある不倫も嫌すぎる。

「それからはやてとお風呂に入ったときにね、『ミッシツノコイ、ミッシツノコイ』って歌うみたいに繰り返してたから、『それは何?』って聞いたら、『お母さんがよく言ってる』って」

まさか我が子から情報が漏洩《ろうえい》していたとは。痛恨の極みである。密室の鯉《こい》? それじゃ何それだけど、密室の恋、となるととたんにそこはかとなく不穏な香りがしてくる。特に先刻からの会話の流れでは。

「――これは、修羅場というやつね！」

勢い込んで言ったら、「なんで嬉しそうなの？」と苦笑されてしまった。

「だってドロドロのドラマみたいな展開なんだもの」

「その手のドラマにこんなのどかな脚本はあるかなあ……。まあそれはともかく。もうひとつあった。このあいだの夜、片づけ終わったキッチンの調理台に、なぜか調味料が並んでた。料理酒と酢と砂糖に……パックのジュースもあったかな。計量カップとペットボトル、あとなぜか弁当箱。蓋が壊れて、てっきりとっくに捨てたと思ってたやつ。ドロドロ要素はないけど、謎だよね。思い当たる料理は出てきてないし、その後弁当箱は消えてたし。さてはどこかに差し入れにでも行ったかい？」

そう言って夫は意味ありげに微笑む。

――ううん、これは完全にバレてるなあ……。

これだから、洞察力のありすぎる夫というのは困るのだ。

もともと、並べたドミノがパタパタ倒れるように、一直線にゴールにたどり着いてしまうような人だもの。これだけ材料があったら、バレてない方がびっくりだ。

「……えっと、はい、観念しました。白状します」

両手を上げた私に、夫は面白がっているような視線を向けた。

「おや、ドロドロの不倫の告白？」

夫はときたま、こんな風に意地悪だ。私はぶんぶんと首を横に振る。

「全然違います。蓋然性《がいぜんせい》の犯罪の話です」

「未必《みひつ》の故意《こい》、だね」

そう、密室の恋じゃなくて。

あの犬捨て犯の芸術家に、私は怒っていた。深く深く、腹を立てていた。いったい命を何だと思っているのだろう？　いったいどういう風に育ったら、平然とそんなことができる人間になるのだろう？

この地に住む人は、一部の人は明確に、そして他の人たちは薄々、彼がやっていることに気づいていながら、誰もが口をつぐんでいる。問題になってから犬を捕獲して、それで終《しま》いにしている。

だからきっとこれからも、仔犬の間だけ可愛がられた犬たちは山に捨てられ続けるだろう。それはなんとか阻止したい。けれど私が直談判したところで、きっと鼻で笑われて終わりだ。それに相手はこの地に関わりのある有力者の子息。親はクライアントさん達ともつながりがある。

だから誰にも頼らず、密かに一人で動こうと決意した。もちろん万が一にも夫の仕事に障りが出るのは困るので、私がやったとばれないように。そして法には触れない範囲で、あの芸術家が別荘に来たくなくなるような手段はないものか……。

夫から話を聞いたとき、とっさに思い付いたドクガ爆弾は、当然却下である。現場に証拠を残すのは悪手だろう。けれど、方向性は意外と悪くないと思った。生き物をゴミのように扱った者には、やっぱり生き物から手痛いしっぺ返しを喰らってほしいものよねと、気分はすっかり悪役であった。

それなら飛び切り危険な生き物を招いてやろうじゃないのと、静かに決意した私である。

必要な調べものを終えた私は、はやてとワンの散歩に同行することにした。途中の道々、とある雑草を引き抜き、フンを持ち帰る用のレジ袋に入れる。そして目的地に着いたら、人目がないのを確認してから素早く持参した植物を植え付ける――ワンのフンを片づけるための、シャベルを使って。最後の仕上げに、多めに持ってきた水をかけておく。元々オープンな敷地だ。誰かに見られたとしても、「犬がどんどん行っちゃってー」でごまかせるだろう。傍目《はため》には、散歩中の犬のフンを片づけて、水で流している善良な愛犬家だもの。

「――あなたも覚えているでしょう？　かつて、花を育てることで抗議活動をしていた人のことを。私も先達《せんだつ》に倣《なら》って、植物を使った静かで平和的な抗議をしようと思ったのよ」

そう言葉を結ぶと、夫はどうかなあと首を傾げた。

「あんまり平和的とは言えないと思うな。引き抜いたものを積んでおいた場所で、あっという間に根付いてしまうのが雑草だからね。まして丁寧《ていねい》に植えて水までやったのがアレとなると」

そりゃあもう、爆発的に繁殖することだろう。

ヤブガラシ。それが、私がせっせと植え付けていた植物の正体だ。ごくごくありふれた雑草で、夫が言っていたように、何とも不穏な花言葉を持っている。不倫というのは今一つわからないけれど、積極性だの攻撃性だのは、この草の本質をよく表している。名前からして〈藪枯らし〉だもの。暴力的なまでの繁殖力で、いつの間にか藪全体を覆いつくしてしまうのだ。

ヤブガラシは陽の光を好むので、森の中にはあまり自生していない。おそらくアトリエの採光の為だろうが、ターゲットの別荘周りは広く伐採《ばっさい》されて日当たりがいい。さぞかしよく育つことだろう。そして他の別荘とは充分に距離がある上、樹木が鬱蒼《うっそう》と生い茂っているから、そこまで被害は広がらないだろう。完璧な作戦だ、と思った。

ここまでではまあまあの嫌がらせになってしまっているけれど、まだ第一段階に過ぎない。この計画で真に恐ろしいのはその後だ。

人からは嫌われるヤブガラシだけど、この世のあらゆる生物にはちゃんと役割がある。この植物が大好きな生き物がいるのだ。

熊が生息していないこの地域で、一番の危険生物は昆虫である。報道番組で定期的に特集されたりするスズメバチは、ヤブガラシの花の蜜を好む。森の中で唯一の群生地ともなれば、そこら中からスズメバチが集まってくることだろう。

それでなくとも、都市部に住む人には虫が苦手だという人は多い。それが、ドクガとかスズメバチみたいに危険な昆虫ならなおさらだろう。あの巨大で獰猛《どうもう》なハチが常にブンブンしている別荘なんて、私なら絶対行きたくない。きっと自然と足が遠のく。

ヤブガラシはまだほとんど咲いていないから、周到な私はもう一つ仕掛けをしておいた。キッチンにある調味料でスズメバチの誘引剤をこしらえ、あの別荘のウッドデッキ下の柱の陰に置いたのだ。本来はペットボトルなどに入れて、危険なハチの捕獲用に使う。平たい容器に注いだならば、スズメバチ専用のドリンクバーだ。「ここは美味しい飲み物がある、とってもいい場所ですよー」という何よりの宣伝になる。もしかしたら、近場に巣を作ろうと思い立ってくれるかもしれない。スズメバチに〈思い〉があるかはわからないけど、確実に群れとしての〈意思〉はあるだろう。

「風が吹いても桶屋が儲《もう》かるかどうかはわからないけど、すごくうまくやったから絶対バレないし」やや自慢も混ぜつつ犯行の自供を終えた私は、すっかりぬるくなったお茶を飲み干した。「ワンの親たちのことを思うと、あんまり反省はしていないの」

聞き終えた夫は、しばし無言だった。それからこめかみを両の手でとんとん叩く。怒っているというよりは、困っているみたいだった。

「確かに、プロバビリティーの犯罪というには迂遠《うえん》に過ぎるし、発想がぶっ飛びすぎてて、まず君がやったと発覚することも責任を追及されることもないとは思う。だけど……わかっているのかい？　スズメバチに限らず、ハチに刺されたら下手《へた》すると人は死ぬよ」

強い口調で言い切られ、思わずひゅっと息を呑む。

「だから今日、現地を確認してみて、別荘の管理会社に忠告しといたよ。このままヤブガラシを茂らせておいたら、スズメバチが大量発生しますよって。すぐに除草に向かうと言っていた」

なんと既に対策は終わっていた。

「……そう」

「そんなにしょんぼりしないでよ……小さい子が頑張って作った砂の城を、うっかり壊した気分になってきた」

わざとおどけたように言っているけれど、どうやら本気で困っているみたいなので慌てて首を横に振る。

「私は小さい子じゃないから大丈夫。ごめんね、忙しいのに余計な仕事を増やして」

「……君がノーブレーキで暴走しだすのは、大事な人を守ろうとするときだってことは、ちゃんとわかっているよ。ワンはもう、家族同然だからね。君の言う通りあの芸術家のせいで、ワンの両親もひどい目に遭わされた。僕だって、怒っているんだよ。あいつだけがスズメバチの餌食《えじき》になると決まってるなら、笑って放置してたさ。だけどもし無関係の人が被害に遭ったり、ハチは黒い生き物を襲う習性があるから、あの黒い犬が襲われたり、なんてことがあったら、絶対君、気に病むだろう？　諸悪の根源のあいつだって、万一アナフィラキシーショックで死んだりしたら、どうする？　そんなもの、君が背負う必要はないんだよ」

真摯《しんし》な面持ちと言葉でそう言われ、私は深くうなずいた。

「そうね、すごく考えなしでした。ごめんなさい……あと、どうもありがとう」

そう言って笑ったら、夫もほっとしたように笑った。

「いやいや、ほんとに僕だってあいつには怒っているんだよ。で、今、動き始めたところなんで、結果が出たら報告するね。それから、君の特製ドリンクが入ってた弁当箱は回収してきたけど、あれはもう捨てていいんだよね？」

「もちろん。曲げわっぱのお弁当箱だから、燃えるゴミよ。いずれ土に還る素材だからあれを選んだの」

「あ、そこは証拠隠滅じゃなくて地球環境に配慮したんだね」

「もちろん。使えなくなった物だって、最後に役割を与えてあげたかったの」

「君は何だかんだ言って不要になった物を捨てずに取っておくと思ってたけど、そんなことを考えてたんだ。そうやって物を大切にする君だから、ましてや命を捨てるなんてって、許せなかったんだよね」

妙にしみじみと夫はうなずく。

「まあね、そんな感じかなー。ああ、そうだそうだ。疲れたでしょ？　早くお風呂に入っちゃって。今ならまだ、そこはかとなく温かいと思うから。私ももう眠くって」

せかせか言って、空《から》になった湯呑を片づける。やや怪訝《けげん》な顔をしつつも、夫は「おやすみ」

と言い残し、居間を出て行った。私はふうとため息をつく。

洞察力のありすぎる旦那さんは、私の浅はかな考えなんて全部お見通しで、何事か起こる前にさっさと騒動の芽を摘んでしまった。そのこと自体には、まあ感謝している。私があまりにも考えなしだったのは事実だから。もしあのままにしていたら、私はどこで誰がスズメバチの被害に遭っても、「もしかして私のせい?」と良心がうずいていたことだろう。死ぬかもしれないなんて、考えてもいなかった。迂闊《うかつ》にもほどがある。事前に察知して止めてもらえなかったら、と思うとやはり感謝するしかない。

けれど正直なところを言うと、何でもかんでも見抜いてしまうのは勘弁してほしいのだ。私にだって、秘密にしておきたいことくらいはあるのだから。

夫が言っていたように、もともと私は物を簡単に捨てることに抵抗がある。生来の貧乏性もあり、ゴミにする前に何とか役に立たないかしらと考えてしまうのだ。何とか修理して使えないかしら、とか。我が家ではもう使わなくても、他に必要としている人もいるんじゃないかしら、とか。

けれどそんな気質の私が、一度は捨てようと思った物なんて、まず大抵は他の人にとってもゴミである。そして、我が家みたいに引っ越しの多い家では、余分なものを取っておく余裕はない。だから多くの場合、心を鬼にして随時処分している。

もちろん、家族にまつわる思い出の品は別だ。アルバムはもちろんのこと、プレゼントされたけど結局ほとんど履けなかった、はやてのファーストシューズとか、はやてが幼稚園で作ってきた父の日や母の日のカードとか。それから結婚前に夫とやり取りした手紙とか、彼からもらった羊のぬいぐるみとか。

このぬいぐるみはけっこうかさばる上に、だいぶ黄ばんでしまっているのだけれど、初めてのプレゼントだから絶対に捨てられない。以前は棚の上に飾ってあったのだが、物心ついたはやてが興味を示して遊びたがったので今は封印してある。大切に取っておきたい品は、幼い子供の目につく場所に置いておくべきじゃないのだ。

こうした、いわば取っておく正当性のある品々とは別に、どうにも捨て難い困った物があった。たとえば、独身時代に一緒に入れてもらった夫の傘とか。婚約時代に密かに似合っているなあと思っていた彼の上着とか。そして新婚時代、私が毎朝せっせと彼のお昼ごはんを詰めたお弁当箱とか。

壊れたり古びて破けたりしたそれらは、確かに、物としての役割は終えている。けれど簡単に、ゴミとして捨ててしまうには忍びなかった。思い出の分、なにかプラスアルファの役割を与えて終わらせたかった。

上着や傘は、庭に放置されていた白い犬の日除けになった。弁当箱は、スズメバチのドリンクバーになった。だからもう、私も納得してこれらを捨てることができると、少しほっとしている。

だってもし、こんなことが夫に洞察されてしまったら？

こんなこっぱずかしいことが白日《はくじつ》の下《もと》にさらされたら、羞恥心《しゅうちしん》で死ねる自信がある。

だから――。既に今夜だけで色々バレてしまったけれど、この秘密だけはなんとしても墓まで持っていこうと、決意を新たにする私なのであった。

4

その翌月、私たちは家族そろって山にお散歩に出かけた。ベビーカーの玲奈に、もちろんワンも一緒である。

例のことで私の暗躍がバレて以来、私もはやても夫から入山規制を受けていた。

『僕の方で少し動いてみるから、落ち着くまでは近寄らないでね』と。ドリンクバーのせいで、既にハチが巣を作っている可能性も考慮してのことだ。

その規制がついに解けた。思ったより早かった。

夫がやったのは、しごく真っ当で、地道で、安全で、それでいながら効果的なことだった。

周到な夫は、かの芸術家氏に直接挨拶をした際、彼が犬を購入しているペットショップの名前を聞いていた。子供が犬を欲しがっている、と言ったら気軽に教えてくれたそうだ。そして

会場で売っていた作品の絵葉書も購入していた。

次いで、仕事で顔なじみになっていた役所の担当者を通じ、山で捕獲された犬たちのその後を追った。幸いなことに、一度獣医に診《み》せていたため、犬種と大まかな年齢の記録は残っていた。二匹とも人気の高価な犬種だったので、成犬でもすぐに貰《もら》い手がついたそうだ。引き取り先のうち一人が担当者の直接の知人で、紹介してもらうこともできた。新たな飼い主は夫から話を聞いて、大いに憤《いきどお》っていたらしい。この人は町の商店街の顔役で、地元の愛犬家に会うたび、元飼い主の悪行を広めまくったそうだ。

夫は彼の愛犬の写真を撮らせてもらっていた。かなり特徴のある個体で、例の絵葉書に載っている仔犬と完全一致していた。動かぬ証拠である。以前私が撮ったシロの写真は手元にあったのだが、何しろ真っ白なので犬種はともかく、同一個体かどうかは判断しづらかったのだ。犬や猫のマイクロチップ登録が義務化される、はるか以前の話である。

仕上げに夫は一連の資料を取捨選択し、動物愛護団体や地方新聞社などに送りつけたのだ――もちろん匿名《とくめい》で。

最も素早く反応を示したのは動物愛護団体で、即座に抗議活動に動いたらしい。それも、別荘の所有者である芸術家の父親の方に。ペットショップにも、「こんなやつに二度と動物を売るな」といった強めのクレームが入ったらしい。これらはすべて、推測交じりの伝聞に過ぎなかったけれど、小さな町ではこの噂《うわさ》でもちきりだった。

一応、地方新聞の記者を名乗る人物から、役所の方に問い合わせは入ったらしい。これは夫が役所の知人から直接聞いたことだ。リーク元については薄々察してはいるようだったけれど、特に何も言われなかったそうだ。

結局記事にはならなかったけれど、同じ問い合わせは芸術家当人や、その父親に行っていたかもしれない。その結果かどうか、間もなくあの別荘が、売り物件として管理会社の店先に貼り出されることとなった。

あの芸術家氏がよそで同じことをやらかさない保証はないので、若干《じゃっかん》のモヤモヤは残る。けれど何はともあれ、この地で新たに犬が捨てられることは二度とない……ことを祈った。

——本当に何はともあれ。

皆で気持ちよく、山散歩ができるようになったのは良かった。

ワンは山道をしっかりとした足取りで歩いている。中型犬サイズはとうに超え、今ではかなり力も強くなっているだろう。もう本気を出せばはやてを力で翻弄《ほんろう》できそうだ。けれどワンがリードを引っ張って、勝手気ままに行動する様子はない。はやての命令に完璧に従う、見事なコンビになっていた。

犬の成長の速さに目を見張っていたけれど、同じ時間ではやてもまた、しっかり成長しているのだと、胸を打たれる思いだった。

途中、例の別荘の前を通った。人の気配はなく、その周辺はきれいに除草されていた。夫がちらりとこちらを見たので、「おほほ」と作り笑いを返す。するとはやてが私を振り返り、「お母さんが植えた草、なくなっちゃったね」と言った。子供は親の行動を、しっかり見て覚えているのだった。

我と我が身を振り返りつつ、しばらく歩く。途中で道を外れ、林の奥へと進む。立ち止まったところには、漬物石《つけものいし》大の石が置いてある。

シロとワンの兄弟の墓だった。

一度ここに、ワンを連れてきたいと思っていた。母犬のシロに、ワンが元気に成長した姿を見せたかった。すべては、人間である私たちの感傷なのだけれど。

道々摘んできた野花を、そっと石の前に置く。

遠くどこかで、犬の吠える声を聞いた気がした。

どこか神妙な面持ちでいるはやてに、私は静かに語りかけた。

「……あのねえ、はやて。お母さんは、はやてにひとつ謝らなきゃならないことがあるの」

改まってそう言われ、はやては首を傾げた。

「はやてが犬を……ワンを飼いたいって言いだしたとき、ちゃんと世話をするからって約束したでしょ？　正直言って、お母さんはそれを、半分くらいしか信じてなかったの。生き物の世話をちゃんとやるのは本当に大変で、可愛いばかりじゃなくって、言うこと聞いてくれなくて憎たらしくなることも、色々汚い物の始末もしなくちゃいけなくて、我慢することも面倒なこともいっぱいあって、だからすぐに嫌になって、そのうちお母さんに全部押し付けてくるんじゃないかしらって、ちょっと思ってた。だってそういう話はすごくよく聞くから。子供ばかりじゃなくって、大人だってそういう人はいっぱいいるもの。可愛い仔犬のうちは甘やかして育てて、大きくなったらとたんに興味をなくして捨てちゃうような人だっているからね」

はやては黙ってこくりとうなずく。ここであったことは、はやてだってある程度は知っている。

「もちろん、はやてがそういう最低な人間と同じだなんて全然思ってないよ。だけど、はやてはまだこんなに小さい子供なんだからとは思ってたわ。できないことや、続けられないことがあっても仕方ないって」

正直、侮《あなど》っていた。およそ、子供なんてそんなものだと。それが普通だと。

「でもはやてはすごく真面目に犬のことを勉強して、お世話もしつけもちゃんとして、すごく立派な飼い主になっている。お互いを思いやれる関係になってる。ワンからちゃんと認められて、すごく愛されている。ワンの一番になってる。それって最高にカッコいいことだと思う」

はやての視線に合わせて軽く屈《かが》みながらそう告げる。ワンが近寄ってきて、私の頬をぺろりと舐《な》めた。

「わっ、駄目ッ。顔は駄目。日焼け止めとかファンデーションとか、絶対体に良くないから舐めちゃ駄目」

慌ててワンの親愛表現を掌《てのひら》で防ぎ、ふと顔を上げると少し泣きそうなはやての顔があった。

「でもぼく、いっぱい手伝ってもらったよ？　家でウンチやオシッコをしちゃったときも、片づけるのを手伝ってもらったし、難しい犬の本も読んで教えてもらったし。ほかにもいっぱい、お父さんにもお母さんにも手伝ってもらったよ？」

まあなんて賢くて良い子なのと、こちらの目頭が熱くなる。親馬鹿全開だ。犬ごと引き寄せてぎゅっと抱きしめたら、玲奈も混ざりたいのかベビーカーからむちむちの手を伸ばしてくる。誰もかれも皆、愛おしかった。

「自分が真っ先にやるっていう気持ちが大事なの。はやての手はまだこんなに小さいんだもの。勉強だってまだまだこれからじゃない？　そりゃ、できないことだってあるわ。はやての手からこぼれちゃったことがあれば、それをすくい取るのがお父さんやお母さんの仕事。ね？」

傍らの夫を見上げると、彼も大きくうなずく。

「少しは父親のセリフも残しといてほしいもんだけど……まあ、本当にお母さんの言う通りだよ、はやて。おまえは七歳の男の子が普通にやれる以上の努力をちゃんとしているし、きちんとその成果も出している。偉いぞ」

わしゃわしゃと、はやての頭を撫でた。そして、羨ましげに体をすり寄せるワンの背中も、同じ調子で撫でてやっている。両者の気持ちよさそうな顔を見て、ちょっと羨ましくなりつつも、私は声を大にして、言った。

「――そうよ、ほんとにそう。はやてはお父さんとお母さんにとって、世界で一番の〈ななつのこ〉なのよ！」

1
(ONE)

後編

5

桜の木の下に、死体が埋まっていた。


夏の終わり、そこそこ大きい台風が来た。

強い風雨は夜のうちに通り過ぎ、朝起きたときには真っ青な空が広がっていた。

それを見つけたのは、長男だった。

早朝、はやてはいつものように愛犬のワンを散歩に連れて行くべく、元気に玄関を飛び出していった。と思いきや、いつもと違うワンの吠《ほ》える声がして、はやてのすっとんきょうな叫び声も聞こえた。何事？　と玄関のドアを開けると、生垣越しに隣家を覗《のぞ》き込んでいたはやてが振り返り、大声で言った。

「大変だーっ、サツジン事件だーっ」

興奮した子供の甲高《かんだか》い声は、早朝の静かな住宅街に響き渡ってしまっていた。

ご近所は、全体に年齢層が高めだ。そして老人の朝は早い。付近は住宅密集地で、周辺のお宅の窓はほぼ全開だ。洗濯物を干すのはもちろんのこと、涼しいうちにと庭で草むしりをしていたり、縁側でタバコをくゆらせながら新聞を読んでいるおじいちゃんがいたり、それこそ犬の散歩をしている人もいる。そういったご近所さんや通りがかりの人たちが、子供の不穏な叫び声になんだなんだと集まってきてしまった。

とはいえ、声の主の元に真っ先に駆け付けたのは当然私たち夫婦だった。

騒いでいるはやての向こうには、普段と違う風景があった。そこにあったはずの枯れた桜の木が道路側に根を見せて横倒しになり、枝の一部はうちとの境界の生垣に覆いかぶさっている。大家さんの菜園が、結構被害を受けていた。

「台風で根こそぎ倒れたんだな」

夫が冷静に現状をつぶやく。私ははやての傍《かたわ》らから子が指さす方を見やり、少し興奮して状況を口にした。

「ほんとだ、骨がいっぱい……」

倒れた桜の根によって押し上げられ、むき出しになった黒い土の中には、どう見ても骨らしきものがいくつも顔を覗かせている。見慣れたチキンレッグの骨とは明らかに違う、ボリューム感のある骨だ。

「ほら、いつかも言ったでしょ？　やっぱり桜の下には死体が埋まっていたのよ」

正直言って少しうきうきと、それでも声を潜めて夫に耳打ちする。私ははやてと違って大人だから、それくらいの分別はあるのだ。

夫は少し笑って「瓢簞《ひょうたん》から駒子《こまこ》さん、だね」と言った。

そうこうしているうちにも、ご近所の知り合いがどんどんうちの庭に入ってきて、「あらまあ」「いやだほんとにー」とか騒ぎ出し、やがてその輪に明らかに知らない人まで加わり、ついにはお巡《まわ》りさんまでやって来た。気の早い誰かが通報したらしい。

ここまで騒ぎが大きくなってようやく、当の家の住人が玄関ドアを開けて登場した。犬飼《いぬかい》さん親子の、お父さんの方である。ぼさぼさ頭にヨレヨレのTシャツとハーフパンツという姿で、どうやら今の今まで寝ていたらしい。それも無理のない話で、今日は日曜日で今はまだ六時台である。勤め人なら、ゆっくり寝ていたい時間だ。

「朝から何を騒いで」と文句を言う気満々の様子でこちらを見、人の多さにぎょっとしたように口をつぐむ。皆一様に不穏な空気を醸《かも》し出し、近くの者同士、小声で何やらささやきあっている。そして興奮した子供に、吠える犬とお巡りさん。そうした光景に啞然《あぜん》としていた彼は、ようやく倒れた枯れ木とその根元に目を向けた。

「あー、犬飼さん？」人の好さそうなお巡りさんがいつの間にか犬飼家の門の前に立ち、場にそぐわないのどかな声で言った。「ちょっと、お話を聞かせてくれますかね？」

そこで初めて犬飼さんは事態の深刻さに気づいたらしい。濡れた犬が水気《みずけ》を弾き飛ばすように、ぶるぶると首を横に振った。

「ちょっと、おかしな誤解しないでください。これは昔うちで飼ってた犬の骨ですよ」

その言葉に、集まった人の半分くらいは「なーんだ」という空気になる。残り半分は「えー、本当に?」となおも疑っている様子だ。こういうとき、挨拶《あいさつ》やご近所付き合いを怠《おこた》っている人は覿面《てきめん》に不利になるのだなあとしみじみ思う。

まあ一応確認しとかないとね、とお巡りさんは我が家がお貸ししたシャベルで露出した土をほじくり始めた。結構大きめの骨も出てきた後で、明らかに犬の頭部と思《おぼ》しき部分が発掘された。今度こそ本当に解散ムードで、潮が引くように野次馬も散っていく。ずっと散歩のお預けを喰らっていたワンにせかされ、はやても門から出て行った。夫も家の中に戻っていき、だから犬飼さんとお巡りさんとのやり取りの、次の部分を耳にしたのはおそらく私だけだろう。

カチカチという音と共に、「うん? なんか壺みたいなものが出てきたけど?」

「ああ、それは」ごく何でもないような声で、犬飼さんは言った。

「母の骨ですよ」と。

6

とんでもない秘密を知ってしまった。

偶然耳にした極秘情報としては、新婚時代の住まいで窓越しに聞いた、下校中の女子児童たちの会話に匹敵する驚きだ。

ちなみにそのときは、低学年と思しき幼い声で、かなり得意げに女の子が言ったのだ。

『――実はわたし、人の心が読めるんだ』

なんだってーっ、と驚愕《きょうがく》する私とは対照的に、聞き手の反応はごく冷静だった。

『へえ』

平坦な声で、それだけ返す。二人の関係性が読み取れるようなやり取りだったけれど、できればもっと突っ込んだ質問をしてほしかった。最初の子が何やら言っていたけれど、子供の甲高い声はどんどん遠ざかり、それ以上はまったく聞き取れなかった。ぜひとも後を追いかけて詳しく話を聞きたいと思ったけれど、泣く泣く自重した。下校中の女児に怪しい女が付きまとっていた、などと不審者情報が出かねないから。

それはともかく、だ。今はそんな思い出にひたっている場合じゃない。

民家の庭に人骨が埋まっているとは、ただごとじゃないではないか？

犬飼さんはお巡りさんと共にすぐ家の中に入ってしまったから、それ以上のやり取りは聞けなかった。それで私も大急ぎで家に飛び込み、食卓で新聞を読んでいる夫に声を潜めて先ほど入手した情報を伝えた。

「……それは本当になんと言うか、瓢箪から駒子さんだったたね」

何とも言えない顔で夫はそうコメントする。お気に入りのフレーズらしい。

「骨壺に入っていたんなら事件性はないんだろうけど、人骨を墓地以外に埋めるのは違法だから、今頃きっと警官に怒られているだろうね、犬飼さんは」

「あ、やっぱり違法なのね」

「詳しくは知らないけど、死体遺棄《いき》罪あたりに該当しちゃうんじゃないかな？」

「え、それって重罪じゃ……」

「まあ、あんまり人のことは言えないんだけどね。シロと仔犬たちをあの山に埋めただろう？あれは本当は駄目なんだよと、はやてには教えておいたけど……」

「でも、あの状況で保健所だか役所だかにお願いするのも忍びなかったわよね……？　あの黒犬があんまり可哀そうじゃない？　それにやっぱり、人骨とじゃだいぶ違うでしょう？」

「なんにせよ、その話は誰にも言わないで。絶対、ややこしいことになるから」

「そうね、でも私、口はそんなに軽くないのよ」にっこり笑って言ったら、夫も軽く笑い返してきた。

「うん、念のためにね」

夫婦のそんな会話もあって、私は味噌汁《みそしる》の中で最後まで開かないアサリのごとく、きっちり口を閉ざしていた。なのに、翌朝庭に出ていたら、出勤する犬飼さんからぎろりと睨《にら》まれてしまった。明らかに恨みがましい目つきである。

お隣のお父さんからだいぶ恨まれているっぽいわと夫にぼやいたら、「うちが通報したんだと誤解されたかな？」と顔をしかめられた。

「えー、それって濡《ぬ》れ衣《ぎぬ》じゃない」

「そもそもは、はやてが騒いだのが原因だからなあ……」

「あの時点ではまだ寝てたわよ、きっと。夜遅くまで雨や風の音がすごかったでしょ？　だから私もなかなか寝付けなくて、朝起きるの辛《つら》かったもの」

　とはいえ、子供も犬も大人のそんな事情なんて知ったこっちゃないのだ。もともとゼロ歳児のいる家は安眠とは程遠い。比較的まとまって寝てくれるようになったなと胸を撫《な》でおろしたのも束の間、すぐさま夜泣きが始まってしまった。台風の夜にはやはり不安になるのか、ひときわよく泣いた。それではやても安眠できないのか、喉が渇いたとかトイレに行きたいとか言って起こしてくる。昼間は昼間で、はいはいが上手になった玲奈《れいな》からは片時も目が離せない（そして、動きもさることながら、バアとかブウとか赤ちゃん語をしゃべりだし、可愛すぎるという意味でも目が離せない）。

　子供が健やかに、すくすくと育っていくというのは、なんと素晴らしい奇跡だろう……それは決して、当たり前のことではないのだから。

　そんな感慨に浸っていると、夫がすまなそうに言い出した。

「玲奈も泣いてたんだよな……なかなか目が覚めなくてごめん。はやてにも、ママはあんまり眠れてないから起こすならパパにしろって言ってるんだけど」

「何言ってるの、睡眠不足は事故の元でしょ」

少し強めに言っておく。仕事先への車での移動にしても、現場での作業にしても、寝不足ではあまりにも危険だ。

「それはともかく、誤解されっぱなしも嫌よね。今度犬飼さんに会ったら、通報したのはうちじゃないって言っちゃおうかしら」

夫はとんでもないと首を横に振る。

「いや、それはこっちで話しておくから。あの人、男相手なら一応まともなのに、女が相手だとたんに態度が硬化するみたいだから」

なんとなくだけど、奥さんと離婚したことで女嫌いになっているのかなと思う。確かに無用なトラブルは嫌なので、そうね、わかったわと答えておいた。

犬飼家の長男君に会ったのは、その数日後のことだった。はやてと仲良くしていたケンちゃんのお兄ちゃんである。兄弟の年齢はかなり離れていて、お兄ちゃんは大学生くらいのはずだ。

そのとき私は洗濯物を取り込んでいた。玲奈はあっという間に高速はいはいを習得して、家事をしていても危なくて仕方がない。もはや抱っこやおんぶもおとなしくされてくれないし(自分が要求したときを除く)、ベビーカーに乗せても身をよじって庭に降りたがる。敷物を敷いてそこに座らせても、じっとその場にいてくれるはずもない。ワンをお座りさせて、玲奈の相手をしてもらい、その隙に大急ぎで洗濯物をカゴに放り込んでいく。現時点では、こちらの意思や命令が通じる分、知的生命体としてはワンの方がだいぶ高い地点に到達している。ほぼ同時期の生まれだというのに、玲奈が危ないことをしようとすると全力で止めてくれる。洗濯物を干したり取り込んだりするときも、敷物なんて無視して這《は》い出ようとする玲奈を、黒いつややかな体を使ってさりげなくガードしてくれていた。とてもありがたい援軍である。

犬飼家のお兄ちゃんが生垣越しに声をかけてきたのは、ちょうどそんなときだった。はっきりとこちらを見て、「あの……」とつぶやくように言っているので、「あら、ケンちゃんのお兄ちゃん」と笑顔で応じた。正直言って、名前は忘れてしまっている。確か一度、耳にしたはずだけど。

相手は少し言いよどんでいる風だったので、こちらから切り出すことにした。

「そういえば、通報したの、うちじゃないですよ……その、骨のことで」

私は犬飼家の庭を指し示す。倒れた桜の木はそのままだ。さすがに生垣に引っかからない位置まで移動されていたけれど。むき出しになった犬の骨は埋め戻されたらしい。骨壺の方はさすがに回収されたことだろう。

「……え、なんで通報？」

私の言葉に、お兄ちゃんは戸惑った風だった。用件はそれじゃなかったらしい。

「いえ、あれ以降、お父様が私を見る目が鋭いので、もしかして誤解されているかもって」

「あー、いやまあ、それはオヤジに言っとく」

「お願いねー」

良かった、これで解決だわと、私はにっこり笑った。しかしお兄ちゃんは言いにくそうに続けた。

「あー、なんか、噂《うわさ》になってるらしくて。うちの庭から人骨が出てきたって。オヤジが地元の友達から聞いたって。しかもその日のうちに広まってたって」

噂の伝播力《でんぱりょく》におののくと共に、これは困ったぞと思う。人骨云々の部分は、当の犬飼家以外ではおそらく私しか知らない情報なのだ。

「それで、隣のおばさ……奥さんが言いふらしたに違いないって、オヤジが」

案の定である。そしてお兄ちゃんは、気を遣えるいい子だ。見た目はちょっと軽そうに見えるけど。

しかし困った。明らかに冤罪《えんざい》なのだけど、やっていない、ということの証明はとても難しい。

そこで急に会話に割り込んできた人がいた。

「その話なら、あたしも聞いたよ。オヤマノブコから聞いた。みんな、ゲラゲラ笑ってたよ」

家主のおばあちゃんだった。いつものように、ずんずんうちの庭に入ってきて、あちゃーと顔をしかめた。

「あたしの野菜畑を、ずいぶん傷《いた》めてくれたもんだね」

憎々しげに、隣家の倒木に目をやっている。

「トマトとかナスとかは、けっこうぽっきりいっちゃいましたね。一応添え木をしてみたんですが、やっぱり無理みたいでした……あ、でも台風のせいでもありますよ、きっと」と、とりなしてから、気になることを尋ねた。「あのそれで、オヤマノブコさんというのは？」

「駅前の飲み屋のママだよ。あたしの友達。で、オヤマノブコはヤマダキヨシから聞いたって」

「ヤマダキヨシさんというのはどなた？」

「駐在さんだよ」

「あらまあ」

意外な犯人だった。よく考えれば、骨壺の件を知っているのは当事者家族と、漏れ聞いてしまった私の他には、警察関係者しかいないのだ。

しかし、いいのだろうか。これって、職務上知りえた機密の漏洩《ろうえい》に当たるんじゃ……と思ったけれど、そもそもが、とても緩い感じなのだろう。ごくごく狭い世界だし。それに笑い話みたいになってるくらいだから、せいぜい厳重注意くらいでお咎《とが》めもなかったのだろう。

なにはともあれ、「と、いうことらしいですよ？」早々に誤解が解けて良かったと、にっこり笑ったら、お兄ちゃんは気まずげだった。

「すみません、オヤジにはよく言っときます」

「トミコさんの骨だって？　分骨《ぶんこつ》してたんだね」

ぐいっと顔を突き出してくる大家さんは、どうやら私よりも事情に詳しそうだ。

それまで知らなかったのだけれど、骨壺のサイズは地方によって異なるらしい。この地は小さめらしく、決められた部位の骨を全て納め終えた後、残った遺骨は火葬場の方で供養の上、処分するのだそうだ。

「じいちゃんはそれを知ってたから、火葬場に頼み込んで残った骨を受け取ってきたんだよ。ばあちゃん、何度も言ってたんだって。私はポチと一緒に眠りたいって」

当時飼っていた雑種犬を、おばあ様はとても可愛がっていたそうだ。ポチが死んでしまうとそれはそれは哀しみ、また同じ言葉を繰り返したそうだ。

さすがに犬の骨を代々のお墓に納めるわけにもいかず、それはトミコおばあ様も仕方がないと諦《あきら》めた。それでポチと同じく、おばあ様が大切に世話をしていた桜の根元に埋めたのだという。

「じいちゃんとばあちゃんの気持ちを知ってたから、オヤジもこの家を売るとかはできなくて……それで強引にこっちに来ちゃったところはあるんですよね。まあ、オフクロにとっては騙《だま》し討ちみたいなもんで、全然かばえないけど。じいちゃんとオヤジは似たもの親子なんだよ」

やれやれといった面持《おもも》ちで、お兄ちゃんは続ける。「その場の感情でどなりちらしたり、無視したり睨んだり、そんでなーんも考えないで突っ走ってやらかして……それで本人はすっきりするんだろうけどさ、やられた方はたまんないよね。あのひとたちはさ、一度枯らしちゃった木には、二度と花が咲かないってことがわからないんだよ」

苦笑しつつそう言う様子は、これまでの印象とは全然違っていた。

人見知りだけど、慣れるのも早いタイプなのかもしれない。あるいは、学校やバイト先で見せる外向きの顔はこちらなのかもしれない。ともあれ、ナオヤくん（やっと名前を思い出した）は「ヤベッ、バイトの時間が」とつぶやきながら、バイクに乗って出かけて行った。後に残されたのは、何とも言えないモヤモヤだ。

今更ながら、思い当たることもあった。

「なんでシロを桜につないでおかないのかしらと思ってたけど、根元を掘り返されるのが嫌だったからなんですね……シロにとっては災難でしかなかったけど」

縁側に招いた大家さんにお茶を出しつつ、独りごとのように私は言った。

リードの長さを調節したら、シロは桜の根元で少しでも日陰に入ることができるのにと、どかしく思っていた。なんでそれだけのことができないのかと。

理解できないと思っていた行為にも、一応の理由はあった——それでもやっぱり理解はできないのだけれど。

「まあ、あたしも散々文句言ったからね。犬を生垣に近づけるなって」

そう、飼い主なりに色々理由はあったし、事情もあった。だからといって、遮《さえぎ》るものもない炎天下につなぎっぱなし、というのは許せないけれど。自分が一度、同じ目に遭ってみればいいのだ。

犬の飼い方で言えば、自分の父親のやり方を、何も考えずそのまま踏襲していたのかもしれないけれど。どうにも、犬が好きな人の飼い方とは思えない。

「おじい様は、何を思ってシロを拾ってきたんでしょうね？」

「そりゃ、拾えばタダだし、犬の世話なんて簡単だと思ってたからだろうね。子供もペットも、放っておいても勝手に育つと思い込んでる男は多いからね。そういう手合いに限って、嫁がどれだけ大変な思いをして育ててたかなんて、全然見ちゃいないんだよ」

思わずため息が出てしまう。

「……トミコさんは、自分の旦那さんのことを嫌っていたんですか？」

だってそうじゃないか？　自分の骨は愛犬と一緒に埋めてくれだなんて、それってつまり……。

あなたと同じ墓には入りたくありません、という宣言に他ならない。

夫であるおじい様は、それを聞いて何も思うところはなかったのだろうか。一度だけならその場の戯《ざ》れ言《ごと》ということもあるかもしれないけれど、何度もとなれば、完全に本音だ。

孫であるナオヤくんはなんだかいい話風にまとめていたけれど。いや、旦那さんが奥さんの願いを叶えた、いい話ではあるのかもしれないけれど（法に触れることを除けば）。

それにしても、だ。配偶者からそんなことを言われたら、普通は哀しいんじゃないか。少なくとも、私なら号泣する。

「いやどうだろうね」嫌っていたのか、という私の問いに、大家さんは肩をすぼめた。「長く連れ添ってりゃ、そりゃまあ色々あるもんだしさ。私らも、それぞれの連れ合いの愚痴《ぐち》だの悪口だので盛り上がったもんさ。隣のクソジジイときたら、頑固だわ、思い込みは激しいわ、自分が良いと思った物や好きな物は、妻子も同じだと信じて疑わない傍《はた》迷惑な男でさ。ほんとの好物なんて知る気もなけりゃ、言っても聞き流すし……女房が体調を崩したら、とたんに機嫌が悪くなって、その上なぜだか自分まで具合が悪くなって……俺の飯《めし》はとか風呂の支度《したく》はどうするんだなんてほざきだす、そのくせ飲み屋の若い子とか、可愛い看護師とかにはやたらと愛想がいい、まあ、そんな感じの男だったよ。奥さんもほとほと諦めてたね」

「それは……」

うわ最悪、と思いつつ、言葉を濁《にご》す。

「……でまあ、結局のところはさ」引き気味の私に、大家さんはにいっと笑った。「要するにごくごく普通の、よくある夫婦だったんだと思うよ」

そう結論付けられ、なるほど理解できないなりに深いなあと、しみじみ感じ入った私である。

7

それからしばらく、とりとめのないことを考えた。

まず夫婦というものについて。

ある日人はめでたくパートナーを得て、家族の最小単位となる。システムは単純だけど、それを構成するパーツはすべて異なるわけだから、そのありようも千差万別だ。生まれた国や、住んでいる地域や、それから時代によっても全然違う。

大家さんは言っていた。

『(犬飼家の)先代夫婦はまあ、曲がりなりにも最後まで連れ添ったけど、息子夫婦は駄目だったよねー。孫が言ってた通りさ、あのクソジジイと息子は、妙に似たもの親子だったけど、今日日《きょうび》、仕事を持っている女があんな横暴、受け入れるはずもないよねー』とカラカラ笑っていた。

昔なら普通と許されたことが、今なら非常識とされる例はたくさんある。ペットの飼い方にしたところでそうだ。昔は愛玩犬《あいがん》なんて、お金持ちのところにのみいるものだった。たいていの場合犬は外飼いで、番犬とか、猟犬とか、牧羊犬とか、なんらかの役割を与えられるものも多かった。大きな病気に罹《かか》ったらそれまでで、今よりずっと犬の寿命は短かった。ペットフードなんて上等なものはなくて、犬は飼い主が肉を食べ終わった骨をかじったり、猫まんまみたいなものを食べたりしていた。塩分とか栄養とか、まるで配慮はされていなかった。猫でさえ、ネズミ捕りを期待されて飼われることが多かった。それも出入りフリーパスの外飼いが基本だ。仔猫が捨てられていることも、それを見つけた子供が拾って「飼いたい」と親に訴えることも、とてもよくあることだった。

「正解」はけっこう曖昧《あいまい》で、常に揺れ動く。そしてしばしば、時代と共に移り変わっていく。昔の常識は今の非常識。昔の普通は、今なら虐待《ぎやくたい》。

そんなことを言われても、昔を生きてきた人にはなかなか飲み込みづらいことなのだろう。

子育てだって同様だ。

今の子育ては神経質過ぎるとのたまうお姑《しゆうとめ》さんと、激しくぶつかり合ったという友達もいた。

『ミルクの飲みが悪いからって、ハチミツを混ぜたのよ？　信じられる？』

憤然と彼女は言っていた。今では乳児にハチミツは、最悪死亡しかねない危険な食物だというのが〈常識〉だ。けれどかつての子育てで、体重の増え方が思わしくない我が子に様々な工夫を凝らし、〈成功〉した体験は、ちょっとやそっとでは上書きも更新もされない。それでも友達はお姑さんと大喧嘩《おおげんか》を繰り返し、なんとか納得と友好関係を勝ち取ったそうだ。そのときの赤ちゃんは、今のはやてと同い年、元気いっぱいの小学生だ。

旅行先の夕食会場で、自らが咀嚼《そしゃく》した食べ物を、スプーンでせっせと赤ん坊に与えるおばあちゃんを目撃したことがある。その隣には、能面みたいな顔をしたお嫁さんらしき女性の姿があった。人間の口内には夥《おびただ》しい数の細菌が生息していて、おばあちゃんの愛情からのこの行為は、その菌を……特に虫歯の原因とされるミュータンス菌を直接赤ちゃんに移してしまう。

ハチミツの場合と同じだ。

溢《あふ》れんばかりの愛故《ゆえ》に、最も庇護《ひご》されるべき存在に、毒を流し込んでしまうこともある。知らないということは、とても怖いことだ。

ふと、自分の若い頃のことを思い出す。私は片っ端から本を読んでは、感動し、影響を受けていた。あるとき、久しぶりに会った高校時代からの友達に、読んだばかりの本の話をした。紀行文だったか、エッセイ集だったか、今では覚えていない。作者が訪れた国での雑感がとても面白かった。

『そこじゃね、赤ん坊なんて地面に転がして、埃《ほこり》まみれで逞《たくま》しく育ってたんだって。日本人は清潔清潔で神経質になり過ぎだ。もっと大らかに子育てをしてもいいんじゃないかって』

良く言えば素直、悪く言えば単純で浅はかだった私は、好きな作者の言葉は丸ごと鵜《う》呑みにする傾向があった。

ほんとそうだよねー、と同意を求めたら、その友達は（たまちゃんという子だ）切って捨てるように言った。

『でもそういう国じゃ、乳児死亡率が圧倒的に高いんだよ？』

その場で平伏したくなるくらい、まったくの正論だった。

いくら本が好きで、たくさん読んでは知識を蓄えようと、自分の中できちんと系統立てて整理し、都度更新していかなければなんの意味もない。

書物とは、人類が延々と積み上げてきた叡知《えいち》の結晶だ。それを読むことで知識を深めた者が、さらに研鑽《けんさん》を重ねることで、その輝きは増していく。

大切なのは、知識を得た上で、見て、聞いて、触れて、そして自分の頭で考えること……。

そこまで考えて、まあ私ったら、すごく高尚なことをとおかしくなった。果たして己がそんなことを実践できているかと言えば、答えはノーである。年齢を重ねてだいぶ思慮深くなったとはいえ、相変わらず人の意見や言葉を鵜呑みにしてしまい、結果反省やら後悔やらする羽目になることだってある。体の成長が止まった大人は、中身を成長させるしかないのに、これがなかなか難しい。

だけど今の私は二児の母なのだから、子供たちの心と体を育てることに専心するべきなのだろう。そうして私も共に成長できれば、たぶんそれが一番いい。

そう結論付けて満足した私は、玲奈に向けて呼びかける。

「レイちゃん、駄目よ。網戸にお顔をくっつけたら、網目模様がついちゃう」

はいはいで家じゅう移動できるようになっている玲奈は、縁側の網戸に顔をめり込ませるようにして庭を……おそらくそこにいるワンを眺めている。

前に網戸の掃除したのいつだっけ……絶対、埃まみれだ。私の手抜きを咎めるように、玲奈の可愛い顔は網目模様に汚れたことだろう。あれだと口の中にも埃が入っていそうで、かなりバッチイ。

顔を洗ってやらなきゃと、私が腰を上げたとき――。

いきなり玲奈が立ち上がり、声を上げながら両手でバンバン網戸を叩き始めた。

え、立った。いきなり立った。まあまあ早くない？　うちの子すごい！

そんなことを考えた直後、それは起きた。

網戸がいきなり外れたのだ。上部はすごい勢いで庭に落ち、下の方はかろうじて縁側のふちに引っかかっている。

勢いのまま前のめりに傾き、頭から落ちていく玲奈を見て、心臓がひゅっと縮んだ。そのまま網の上をゴムまりみたいに軽く弾みながら転がっていくその先に気づき、縮み切った心臓が瞬時に千切れ飛ぶ。

ちょうど玲奈の頭がぶつかるであろう位置に、物干し台があった。大家さんが使っていた年代物で、支柱を支える重し部分は無骨なコンクリ製である。

ここまでがほんの数瞬のことで、世界は無音だった。

ざわりと、総毛だつ。それはかつて、覚えのある感覚で……。

避けられない、致命的なことが起こる、その直前。

つむじ風のごとく視界に飛び込んできた、漆黒《しっこく》の生き物がいた。それは、玲奈の柔らかな頭と固いコンクリの間にするりと黒い体を滑り込ませた。本当に、ギリギリのタイミングだった。

玲奈はむっくり顔を上げ、すごく面白い遊びをしたとでも言うように、キャッキャと笑った。見事クッションの役割を果たした黒犬は、玲奈から鼻面をわしづかみにされて迷惑そうな顔をしている。

そして私は情けないことに、人生初の「腰を抜かす」という状況を体験中だった。人間、真の危機には悲鳴さえ出ないものと知った。

「……ワン。ほんとにありがとう」

ようやく出たかすれ声でワンにお礼を言ったら、世界一有能で忠実な愛犬は、私を見て「ワン」と鳴いた。

8

つくづく、縁側と乳幼児は相性が悪い。

思えばいつぞや、幼いはやてが脱走したのも、縁側からだった。はやてには縁側から外の世界へ飛び出そうとする習性があり、あの手この手で防ごうとしたのだが、ことごとく破られ、何度かひやりとさせられた。とはいえ当時季節は夏で、古くエアコンもない家だったから開口部を閉め切ったまま過ごすのはあまりに暑かった。

やむなく夫が日曜大工で安全な階段を取り付けた。その頃のはやては、手すりがあれば階段を安全に上り下りできるようになっていた。そして階段に関してはごく慎重なはやてだったので、一瞬の事故を防ぐにはこれが一番いいと私たちは思ったのだ。

結果、わずかに目を離した隙に庭から飛び出されてしまったわけだけれど。

ワンと住むことになった家には、あのときの家とは違って縁側に網戸がついていた。大家さんによると、虫があまりにひどいので後付けで無理やり設置したのだそうだ。それが経年による劣化でレールや部品が一部つぶれて変形していた。そこへ玲奈がおかしな位置に力を加えてしまったせいで、いきなり外れ落ちてしまったらしい。握りしめた玩具《おもちゃ》なんかで叩かれてみるとわかるが、赤ん坊は加減とか容赦とかを知らないから、ときに驚くほどの破壊力を発揮することがあるのだ。

転がり落ちた玲奈に怪我《けが》がないことを確かめ、ワンにはねぎらいのおやつを上げた。それから大家さんに連絡して、網戸の修理を依頼した。大家さんの知り合いだという工務店さんがすぐに見に来てくれたけれど、網戸とレールをセットで取り換えになり、部品の取り寄せや何かで一週間は見てほしいと言われた。その間、縁側の掃き出し窓は当然閉めっぱなしだ。あれ以来、玲奈はまだつかまり立ちをしていないけれど、妙に味を占めてしまい、閉まったガラスをバンバン叩くようになってしまった。おろおろした私はワンを家の中に入れ、縁側の雨戸を閉め切った。

腰高の、危なくない窓は全部開けているし、二台ある扇風機をフル回転させたけれど、やっぱり暑い。そして部屋が薄暗い。学校から帰って来たはやてが、「どうしたの？」とびっくりしていた。私は少し早口で今日の出来事を説明し、だから玲奈を守らなくちゃいけないのと繰り返した。聞き終えたはやてはにっこり笑って、「ワンはえらいね。さすがぼくの犬だ」とワンの首元をわしわし撫でた。

「だいじょうぶだよ、ぼくもいっしょに玲奈を守るから」と請け合ってくれたはやてを、ワンごとぎゅっと抱きしめた。

命は簡単に消えてしまう。どうしたって、取り返しがつかない。

ほんのわずかな油断や、大丈夫だろうという楽観や、慣れからくる手抜きや怠惰《たいだ》、エトセトラ……。敵は自分の中にも、家の中にもたくさんあるのだ。

それから皆で家の中の危険について、チェックして回った。もちろん玲奈は抱っこしたままだけれど、自分で動きたがってじたばたするのでとても苦労した。そして古い家には危ない箇所があまりにも多くて、私は途方に暮れてしまった。

夜になり、子供たちが寝静まってからもごそごそ動き回っていたら、夫がそっと背中に触れてきた。

「少し落ち着いて。大丈夫？　はやても心配していたよ？」

夫には既に、今日の出来事は報告してあった。家に帰ってきたとき、まだ充分に明るいのに雨戸を閉め切っていたから、『どうしたの？　まるで台風前みたいだね』と驚いていた。早口に説明したら、真っ先にワンを褒《ほ》めたから、はやてとは似たもの父子《おやこ》だと思う。様子を尋ねるまでもなく、玲奈は元気いっぱいだったし。

それで夫は、玲奈よりも私のことが心配なのだと言う。梅シロップのソーダ割りを二人分作ってくれた。夫婦二人、ゆっくり話をする態勢である。

グラスに口を付けてから、夫が切り出した。

「家に帰ったときに、台風前みたいだって言ったのは、雨戸のことだけじゃなくて、君の様子からもだったんだよ。まるで天敵の多い小動物が、巣穴で子供を守っているみたいだった。毛を逆立てて、小さい体を精一杯大きく見せて威嚇《いかく》してくる感じで。今まで、天災とか、子供の病気とかでも少しそんな風になってたけど。前に一度、僕らは大きな喧嘩をしたよね。そのときに一番近かったから、心配なんだ」

「……私も車の運転をしたいって主張したときね」

なんだか遠い目になってしまう。

せっかく苦労して運転免許証を取得したのに、実家に車がなかったのですっかりペーパードライバーになっていた。それでも、都会で運転するのはさすがに怖いけれど、人のいない田舎《いなか》道ならどうにかなると思っていた。それで何かあったときのために私も運転できるようになっておきたいと訴えたら、いきなり却下された。夫の言い分は、『妻子を喪《うしな》いたくはない』だった。まだはやてもいなかった頃、仕事のために車を買った際に一度だけ、夫を助手席に、人のいないところで運転させてもらったことがある。そのときの体験が未《いま》だトラウマなのだというけれど、少し大げさすぎやしないかと思う。ただ、その主張をした当時の私には、とても切羽《せっぱ》詰《つ》まった理由があったのだ。夫もそれはわかっていて、お互い敢《あ》えてそこには触れずにいる。

少しの沈黙の後、私はにっこり笑った。

「ねえ、プロポーズの言葉、覚えている？」

どうした急に？　と聞き返されるのを承知で尋ねたのに、即座に返事があった。

「『僕を君の一番にしてください。君はとっくに僕の唯一無二だから』」

一息に言い終えて、さすがに照れ臭かったのかそっぽを向いた。

頭が良くて洞察力に富む夫だけれど、いつぞやの女の子みたいな超能力者ってわけじゃないから、そういつもいつも欲しい言葉をくれるわけじゃない。すれ違うことだってあるし、お互い勘違いすることもある。私が一番欲しかったこの言葉だって、後から思い返すに、私が〈言わせた〉感がすごくある。　子供じみたその願いを、夫は私の言動からそうと察し（あるいは察するように仕向けられ）、その上で私を喜ばせようと、まるで花束みたいに捧げてくれたのかもしれない。

それでも人生で一番、嬉しい言葉だった。それをまんまともう一度言ってもらい、落ち込んでいた気持ちがずいぶんと上向く。

若い頃の私は、とにかく誰かの一番になりたいと思っていた。親にとっての四人いる子供の一人ではなく、ましてやその他大勢でもなく。心底、切望していた。

けれどそんなものは大それた望みだとも思っていた。だって傲慢《ごうまん》というものだろう。一番という称号は、誰彼なしに配って歩けるほど安いものじゃないのだから。

身もふたもない話、そんな貴重なものに見合う価値が自分にあるのかってこと。それが大前提で、大問題。冷静に我が身を振り返ってみれば、ただただただため息しか出てこない。

今思うに、それは子供っぽくもひたむきで、赤裸々なほどにむき出しの願いだった。人から嫌われることを恐れ、行動して自分が傷つくことを恐れ、あの木の枝に生《な》っている果物が美味《おい》しそうだと憧れながら、ただ下で口を開けて待っている子供のように愚かだった。

家族にとっての唯一でもなく、腹心の友もいない――それが、大いなる悩みだった。

若い娘としては、そこには当然恋愛的な意味での思いも多々含まれていたのだけれど、私の中で、愛とか恋とかいうもののハードルは峻険《しゅんけん》なる山の頂《いただき》のごとく高い位置にあった。恋愛のれの字さえないまま成人を目前にしたときには、自分の感性にはどこか問題があるのだろうかと悩みさえした。自分にとっての一番が、自分のことを一番だと言ってくれるような奇跡は、華やかな人たちや物語の中にしか起きないのだと、諦めかけてもいた。

夫と出会ったのはそんな頃で……色々あって、自覚も生まれた。思えばそれだけでも大きな一歩だった。夫は私とは別方向での恋愛音痴で、異性どころか他者との付き合いにもあまり気乗りがしないというタイプだった。実際、後に夫は『君と出会っていなかったら、きっと今でも独り身で、日本にもいなかったかも』と言っていた。

出会った頃の夫は、暗闇で冴え冴えと輝く星のように孤高だった。身内の縁には恵まれなかった夫だけれど、彼を大切に思っている人たちはちゃんといた。それなのに、彼はとても一人だった。物静かで人当たりも良くて……そんな柔らかな雰囲気を緩衝材《かんしょうざい》にして、結局他者を撥《は》ね退《の》けていた。

だから頑張った。一生懸命、ぐいぐい行った。そうは言っても私のことだから、できる限り視界に入る機会を作り、彼の興味を惹《ひ》けるように努力し、そこはかとなく好意をアピールするくらいが関の山だったけれど。

奇跡が起きて、実際に付き合うようになってから、思った。彼は元々、堅い扉の奥に、最初から先着一名様のスペースを抱えた人だったのかもしれない、と。そこを力いっぱいこじあけたのは私だ。そして誰にもこの場所を譲るつもりはない。

「――よくね、『二位だって立派だよ、よくがんばった』なんて慰《なぐさ》めたりするでしょう？　でもね、場合によりけりだと思うの。二位じゃ意味がないことって多いと思うのよね」

「……そうだね」

我ながら自由奔放《じゆうほんぽう》に飛び過ぎる話題に、夫は辛抱強く相槌《あいづち》を打ってくれているが、小さい声で「梅酒と間違えた？」とつぶやいたような気もする。

私はまあまあお酒に弱い。口当たりの良いものなら、美味しく呑めてしまうけれど。

「……ほんと、二位じゃ駄目なのよ。だってそうでしょ？　自分の中で一番の人と一緒にいるのはとても幸せなことで……一人だった私が、あなたと一緒に二人になって、はやてが生まれて三人になって、今じゃ四人とプラス一匹で。気が付いたら、あれ、同率一位が増えているなって。それもやっぱり幸せなことで。増えていくことが当たり前だと思っちゃってて。でも違うのよね。プラスがあるなら、マイナスだってあるのが当たり前だったのよ。どんなに大切な存在でも、ある日突然いなくなってしまうことがあるんだって、本当に今更なんだけど思い知って……怖くてたまらないの。それで……〈あやな〉のことを考えてしまって」

その名を出したとたん、夫の表情がこわばる。

それは、我が家で封印されていた名前だったから。

はやてが生まれてから三年後、私のお腹には待望の第二子がいた。はやてのときと同じく経過は順調で、やがて性別が女の子だと判明すると、私たちは二人で考えた名で呼びかけた。どんな女の子に育つだろうかと、生まれてくるのがとても楽しみだった。

それがある日ある瞬間、恐ろしいことに気づく。

胎動が、止まっていた。

当時、私たちは転居したばかりで、その地に頼れる人はいなかった。夫は仕事で遠方に出向いていていて数日は戻らない予定だったし、そんなタイミングではやては熱を出していた。はやてを小児科に連れて行き、長い待ち時間の後にようやく診《み》てもらえ、家に戻ってお粥《かゆ》を食べさせたり薬を飲ませたりする間にも、どこか違和感は覚えていた。そしてそれまで活発だった胎動が、その日一度もなかったことに思い当たり、血の気が引いた。もう産院の受診時刻は終わっていて、緊急用の番号に電話したら、明日の朝一番に来てくださいと言われた。

翌朝早く、まだ熱のあるはやてを抱えてバスと電車を乗り継いで産院に行った。

赤ちゃんの心音は既になかった。

その後しばらくのことは、ほとんど覚えていない。気が付いたらもうお腹には〈あやな〉はいなくて、代わりに詰め込まれていたのは激しい自責の念と山ほどの後悔だった。

もっと早く気づいていたら、助けられたのじゃないか？　せめて気づいたときにすぐに、何とかして病院に駆け込んでいたら？　いっそ救急車を呼んでいたら？　いや、私自身が車を運転して病院に行けていたら？

夫と口喧嘩みたいになったのは、このときのことだ。今後、万一のときの為に私も車の運転を練習する……そう主張したら、自分がいるときには当然自分が運転するし、そもそも自分がいないときには車もない。そして万一なんて際の精神状態で、君がハンドルを握るのは危険過ぎる……。

そう理詰めで反対された。精神的にだいぶ参っていた私は、全然納得できなかったのだけれど。

夫が私に対して、無暗《むやみ》と過保護になってしまったのはこのときからだ。先を読み、先回りして、私を守ろうとしてくる。それはもう、過剰なほどに。

それはひどく申し訳なくて、同じ親として情けなくて、でもその気持ちは嬉しくて……。

そんな複雑な思いを嚙みしめながら、私は話を続けた。

「ワンがいなかったら、玲奈は死んでたかもしれないでしょう？　でもそのワンが今、うちにいるのは色んな偶然とか巡り合わせの結果なわけで。そんなあやふやで頼りないたった一本の糸で、玲奈の命がつなげられたなんて、そんなの、あんまりにも怖くて……怖くて……怖くて……」

終《しま》いには、ひたすら同じ言葉をリピートする私に、夫は言った。

「そうだね、怖くて、すごくて、奇跡的で……だからこれは運命なんだ。瓢簞から駒、じゃなくて、出てきたのは犬だったってわけ」

　思わず相手の顔をまじまじ見やると、夫はにっこり笑った。

「……って、いつもの君なら言うんじゃないかな？　わかっているんだよ、君がちゃんと、色んなことを自分の中で消化して乗り越えられるってことは。でも、〈あやな〉のときは――」

　そこで少し、言葉を切る。夫もまた、その名を呼ぶにはまだ力が必要なのだろう。そこで込めた力をふっと抜くように、夫はまた笑った。

「まるで君、大物を丸呑みして、苦しみながら延々と消化している蛇みたいだったから。見てられなくて、だから今回こそは、少しでも手助けできないかって思って」

「ええっ、それはちょっと。もっといいたとえはなかったのかしら？　そしてさっきからどうして、動物にばかりたとえがちなのかしら？」と一応苦言を呈しておいてから、私は続ける。

「〈あやな〉のことがあったときにね、落ち込んでいる私に、色んな人が、色んな話をしてくれたの。きっとね、誰だって、どんな家族だって、色んな出来事があって、色んな思いを抱えているんだよね……傍からは、見えないだけで」

　――それはまるで、桜の木の下に埋められた、白い骨のように。

「今回のことだって、今までにも、ひやっとするようなことは何度もあったし、人からも危なかった話なんていくらでも聞いたわ。うちの両親はよくもまあ四人も無事に育て上げたなって感心してたんだけど、よく考えたら弟はわりとよく怪我をしていて、中には、下手《へた》したら死んでたような事故も何度かあったもの」

「男の子はね。やんちゃな子が多いし、聞けばみんな、ギリギリセーフで助かったなんて話の一つや二つはあると思うよ。子供の頃に限らずね」

「それを武勇伝みたいに語ったりね。男の方が死亡率が高いのも納得だわ」

「でもみんな、意外と生きてる」

「そりゃそうね、本人から聞いたんなら」

「そして人間は、意外としぶとい」

それまでテンポよく進んでいた会話が、ふと止まる。

ここで「そうね」と明るく答えられるほどには、未だ気持ちの整理はできていなかった。ときとして、人はひどく脆《もろ》い。そして子供が生まれ育つのは、決して当たり前のことじゃない。どれだけ気を付けていても、一瞬の災いはやってくる。信じられないようなミスや見落としを、自分も他人もしてしまう。

私はもう二度と、喪いたくないのに。

だから私は直接は答えずに、こう言うことにした。

「解決策のない話を聞いてくれて、ありがとう。私の恐怖をわかってくれて、ありがとう」

分かち合える人さえいてくれれば、恐怖は半分になる。幸せは何倍にもなる。

「解決策がないわけじゃないよ。危険はゼロにはできなくても、減らしてはいけるから。だか

らこれからも、一緒に頑張っていこう」

とても頼もしくそう言った夫の顔を見て、しみじみ思った。

ありったけの勇気を振り絞って頑張ったかつての私、グッジョブと。

二番目でいいやなんて、それは努力の放棄であり停滞だ。あっという間に最後尾が定位置になってしまうに違いない。

一番でなければ、意味なんてないのだ。


就寝前に、夫に聞かれた。

「結局、会議の結論としては、うちの犬は最高に偉いってことでいいかい？」

あれ、そういう話だったっけと思いつつ、肯定しておく。

「そうよ、うちの犬は世界一。それからうちの子たちも世界一、可愛い！」

寝室には、私の一番たちがごろんごろんと思い思いの方向に転がっている。枕どころか布団の位置も丸無視だ。板の間には忠実で賢い犬が、穏やかな寝息を立てている。なんと幸せで、平和で、素晴らしい光景だろう。

この子たちを守り、育てた未来には、さらに多くの一番が連なっていくことだろう。

——「一《ワン》」とは、無限大の可能性を秘めた数字なのだから。

エピローグ

物心ついたときには、すでにワンが記憶の中にいた。私よりほんの少しだけお兄さんの犬だった。本当のお兄ちゃんとは結構年が離れているから、一番の遊び友達はワンだった。私を背に乗せられそうなほど大きくて（実際にまたがろうとして家族から止められたけど）、力も強くて、足も速くて、勇敢で、とてもとても賢かった。なんでも私が赤ちゃんだった頃に、間一髪で私の命を救ってくれたことがあったらしい。

ワンはお兄ちゃんの犬だ。誰がどう見ても、ワンはお兄ちゃんのことが一番好きだし、私といるときでもお兄ちゃんが帰ってくると、玄関が開くだいぶ前からぴゅーっとお出迎えに走って行ってしまう。お兄ちゃんの命令ならびしっと聞くのに、私にはむしろワンが命令するみたいに立ち止まったり、リードを強く引っ張ったりする。それは大抵、車とか、他の犬とか、ガラの悪そうな人とか、ワンが危険だと考えていそうなものが近づいてきたときなのだけれど。それか、私が川とか用水路とか、錆《さ》びた鉄条網だとかに不用意に近づこうとしたとき。わかっていても、自分の自由な動きを制限されると、やっぱり少しむっとする。相手が飼い犬ならなおさらだ。

ワンがいつだって私を守ろうとしてくれているのは知っていた。小さい頃、いじめっ子をやっつけてくれたことだって覚えている。だけど私にはそれが少し不満だった。お兄ちゃんのように、ワンの主《あるじ》になりたかったわけじゃない。ワンと対等な、友達でいたかった。私だってワンを助けたかった。だけどワンの中ではずっと、私は、弱くて小さくて守るべき最下位の存在だった。

その関係に変化が訪れたのは、私が小学生になった頃のことだ。

ワンが目に見えて、弱っていった。病気に罹《かか》ってしまったのだという。病院に連れて行き、もらった薬も毎日飲ませたけれど、あんまり良くなる感じはなかった。

それまで夜や雨の日や、寒かったり暑かったりする時期には家の中に入れていたのだけれど、あるときからそれを嫌がるようになった。家の中で粗相《そそう》をしてしまったのを気にしているみたいだと、お母さんが言っていた。今までそんなこと、全然なかった。鼻や耳も以前ほどには利かなくなっているみたいで、お兄ちゃんの帰宅に気づくのもだいぶ遅くなっていた。

今までできていたことができなくなるって、どんなにか情けなく、恐ろしいだろう。家の中で粗相をする自分を、ワンはきっと許せずにいる。だから弱った体で、家の中に入れられるのを必死に拒む。

けれど……。

だんだん、拒む力も弱くなり、ワンはいつも縁側でぐったりと横になるようになっていた。大型犬は寿命が短いと耳にして、怖かった。

家じゅう皆がワンのことを心配して、必ず誰かが傍《そば》にいるようになった。と言っても、お父さんは仕事があるし、お兄ちゃんは学校の時間が長い。結局、ほとんどの時間をお母さんが看《み》て、私が学校から帰ったら急いでお母さんがお買い物に行く流れになった。

だからその日の午後、私はワンと一緒に縁側にいた。少し暑くなってきた時期で、窓は開いていた。

ワンと並んで寝転び、少し白っぽいものが交じり始めた黒い毛並みをそうっと撫《な》でていた。そのうちに、うたた寝をしていたらしい。ふと目を覚ますと、目の前を知らないおじさんが横切るところだった。作業服姿で、土足である。とっさに上げかけた悲鳴は、汚い軍手をはめた手で乱暴にふさがれた。そしてもう片方の手が私の喉元に伸びてきたとき。

黒い大きな獣が、猛然と侵入者に襲い掛かった。

すっかり痩《や》せて、動けなくなっていたはずのワンが。今の今まで瀕死《ひんし》の床にいたはずのワンが。突然すっくと起き上がり、唸《うな》り声をあげ、私に伸ばされた腕に、渾身《こんしん》の力で嚙みついていた。

弱くて小さい玲奈《れいな》を守るために。

侵入者がいくら腕を振っても、あろうことかワンの弱った体を蹴り飛ばしても、喰らいついた腕からワンは離れない。

私は自由になった口で、あらん限りの声で叫んだ。助けて、ワンが殺される、誰か来て、と。

私の叫び声は、近所の人に届くよりも先に、侵入者を怯《ひる》ませることに効果があった。ワンを乱暴に振りほどいた男は、嚙まれた腕を庇《かば》いながら、入ってきた縁側から逃げて行った。

腹を蹴られ、背から床に叩きつけられたワンは、今は黒い毛布の固まりみたいに動かない。私はそうっと愛犬に覆いかぶさり、ただ泣き叫び続けていた。

やがて近所の人が何事かと様子を見に来てくれた。真っ青になったお母さんもすぐに帰って来て、泣きながら私をきつく抱きしめた。誰かが通報してくれたらしく、お巡《まわ》りさんもやってきた。犬好きの親切なお巡りさんで、一通りの手配を済ませてから、パトカーでワンを獣医さんに連れて行ってくれた。

どうでもいいことだけど、侵入者はすぐに捕まったということだ。居空《いあ》きが得意な泥棒で、住居関連の作業員に扮して、貴重品を盗みまわっていたそうだ。事前に下調べもされていて、子供と死にかけた犬だから楽勝だと踏んでいたらしい。逃げる際に血をぽたぽた垂らしていたため、足取りが簡単に追えたという。

『居空きは下手をすると居直り強盗になったりするから、ワンちゃんがいてくれて、本当に良かった』

犬好きのお巡りさんは、そう言っていた。泥棒の顔をばっちり見てしまった私は、やっぱりだいぶ危険だったらしい。

最後の最後まで、ワンは私を守ってくれた。

獣医さんでは、安楽死を勧められたそうだ。だけどお母さんが大泣きして、『夫も息子もいないところでそれだけはできない』と、できるだけの治療をしてもらった。そのうちお父さんが迎えに来て、家に帰った。もちろん、ワンも一緒に。

ワンが息を引き取ったのは、その夜遅くのことだった。お兄ちゃんがあんなに泣くのを見たのは、後にも先にもあのときだけだ。


ワンはペット霊園の焼き場で焼かれ、大型犬用の骨壺に入った骨になって帰って来た。お母さんは、「犬飼《いぬかい》トミコさんの気持ちが、少しわかるかも……」とつぶやいていた。私の知らない名前だ。お父さんの、何か言いたそうな視線に気づいたお母さんは、慌てて「瀬尾《せお》家のお墓に一緒に入れてやりたいって意味よ?」と付け加えていた。

やっぱりそれは無理だったみたいで、ワンのお骨は今もうちにある。元気だった頃のワンと家族の写真と一緒に。

だからきっと、ワンは私たち家族とずっと一緒だ。いつまでも、ずっと。

読み終えてから読んでいただきたい後書き（もしくは蛇足）

私が『ななつのこ』でデビューしてから、当時生まれた子供がお父さんやお母さんになってしまうくらいの年月が経ちました。経ってしまいました。にもかかわらず未《いま》だに絶版にもならず、新たに手に取って読んで下さる方々がいらっしゃるという事実に、心から感謝いたします。「今更？」「今頃？」などと言われてしまいそうな本作ですが、一応、だいぶ前から書くつもりはあったのです。二〇二三年の四月に東京創元社主催で行われた新刊ラインナップ説明会で、「犬をキーにしようとした考えたきっかけは？」というご質問がありました。私は次のようなことをお伝えしました。

『ななつのこ』でデビューしたとき、「童謡からとったタイトルなら、なぜななつのこが漢字じゃないのか」と聞かれたことがあったのですが、そのときには「やわらかい感じにしたかったから」とお答えしたような気がします。タイトルに限らず、文章の中でどのような表記を選択するか、というのは、やっぱり物書きとしてのこだわりどころですよね。

駒子《こまこ》を主人公とするシリーズのタイトルは、最初がこの『ななつのこ』ですべてひらがな。次が『魔法飛行』で漢字、その次が『スペース』でカタカナ、ときているので、さらに次があるとしたら英語か数字だな、と。そして駒子は誰かの一番になりたいと願っている子なので、『ワン』というタイトルが浮かんで。これなら英語と数字が一度にできますし。あとは連想ゲームみたいなもので、ワンときたら犬だな、と。私の場合、物語の種はそういう言葉遊びみたいなところから始まることが多いです。

当たり前のことですが、私が『ななつのこ』を執筆していた頃とでは、あまりにも世の中が変わってしまいました。細かいところでは、今やスイカジュースは美味《お》しい！　とか。大きなところでは、手紙という通信手段があまり日常的とは言えなくなってしまったこととか。駒子が一生懸命頑張っていた英文タイプも、あっと言う間に消えてしまいましたね。横浜《よこはま》も渋谷《しぶや》も様変わりし過ぎですし、駒子が訪れたプラネタリウムはとうの昔になくなってしまいました。そうそう、当時の夏はここまで凶悪じゃなかったですね。クーラーなんて庶民の家にはほとんどなくて、暑い暑いと文句を言いつつも、扇風機でなんとか乗り切っていました。

本書でも出てきますが、ペットの飼い方も昭和はだいぶ酷かったですね、今にして思えば。我が家では猫を飼っていたのですが、時々与える小魚を母が小分け冷凍していました。「解凍するのを忘れてたわ」と母は凍ったままの魚を猫のお皿にごろり。猫は不満げな顔をしつつも、じょりじょりと舌で舐《な》めて溶かしていました。なんて酷い！　虐待《ぎやくたい》！　虐待！　というのでしょうか……。

――こんな雑な飼い方でも、当時としては相当長生きしてくれたのは、幸い、というのでしょうか……。

小説を書いていても、昔は許容されていた表現の扱いが、今は変わるケースも多々あります。編集さんや校正者さんから「この表現、大丈夫？」とチェックが入っていたり。それはもちろん必要な配慮なのですが、完全に誰の気にも障らず、誰一人傷つけない文章を書くのも、迂闊《うかつ》で考えなしな私には大変です（私がＳＮＳをやらない理由）。

あらゆる創作物は、時代を映す鏡です。私の作品に限らず、多くの物語に最も影響を与えたのは、スマホやネットの普及でしょう。すれ違いドラマを起こすためにはなんとかしてスマホを無効化しなきゃならない、といった問題は新たに生まれましたが、その便利さは圧倒的です。昔は苦労して資料集めしていたのが、今やネット検索で瞬時に知りたいことが見つかってしまいます。編集さんとはメールでやり取りできますし、原稿を送るのも簡単です。おかげで新型コロナウイルスの蔓延《まんえん》で外出もままならなかった際にも、さほど困らずに仕事ができました。

私たちは今、まぎれもなく未来に生きているのだと、しみじみ思いました。

一方でまた、大して変わらないものもあるのだと思います。都会の隅っこには今も変わらずネズミが走り回っているでしょうし、電子書籍よりは紙の本の方が好きという方も、まだまだ多いことでしょう。人も案外、同じようなことで悩んだり、愚痴《ぐち》ったり、喜んだりしているのだと思います。

本書は、変わらざるを得なかった部分と、それ以上にずっと変わらずにいる部分が織り交ざったような作品になっています。その中で（たとえごくわずかでも）皆様にとっての懐かしい風景が、どこかに見つかっていましたら幸いです。

願わくば、またどこかでお会いできますように。

初出一覧

ゼ　ロ　『紙魚の手帖 vol.01』（二〇二一年十月号）
１（ＯＮＥ）前編　『紙魚の手帖 vol.07』（二〇二二年十月号）
１（ＯＮＥ）中編　『紙魚の手帖 vol.08』（二〇二二年十二月号）
１（ＯＮＥ）後編　『紙魚の手帖 vol.09』（二〇二三年二月号）

加納朋子（かのう・ともこ）

一九六六年福岡県生まれ。文教大学女子短期大学部卒。九二年『ななつのこ』で第三回鮎川哲也賞を受賞しデビュー。九五年「ガラスの麒麟」で第四十八回日本推理作家協会賞を、二〇〇八年『レインレイン・ボウ』で第一回京都水無月大賞を受賞。主な著書に〈駒子〉シリーズのほか『掌の中の小鳥』『いつかの岸辺に跳ねていく』『二百十番館にようこそ』『空をこえて七星のかなた』などがある。

1（ONE）
［わん］

2024年1月12日　初版

◎著者

加納朋子［かのう・ともこ］

◎発行者

渋谷健太郎

◎発行所

株式会社東京創元社

東京都新宿区新小川町1-5
郵便番号　162-0814
電話　03-3268-8231（代）
URL https://www.tsogen.co.jp

◎ブックデザイン

緒方修一

◎イラストレーション・デザイン

十日町たけひろ・柳川貴代

◎DTP・印刷

キャップス・萩原印刷

◎製本

加藤製本

乱丁・落丁本は、ご面倒ですが小社までご送付ください。送料小社負担にてお取替えいたします。

ISBN978-4-488-02568-7 C0093